프롤로그

9월 말. 학교 축제가 끝나자 서늘한 밤바람이 불어오기 시작했다.

길었던 여름이 어느새 끝을 고하려 하고 있었다.

"덥다……."

"덥네요."

하지만 그렇게 생각하기도 잠시. 날씨는 다시 한여름으로 변해 무더운 나날이 계속되었다.

교복도 혼용 기간이었지만 도저히 동복으로 갈아입을 엄두가 나지 않았다.

그런 이유로 나도, 옆에서 걸어가는 츠바사 후우카도 아직 반팔인 하복 차림이었다.

"더운데 사람까지 붐비다니. 학교 측도 예상 못 했을 거야."

나는 주변을 둘러보았다.

이곳은 슈우카 여자 고등학교. 보통 슈우카 여고라고 불렸다.

우리 학교와 같은 전철 노선을 공유하고 있어서 등굣길이나 하굣길에 전철 안에서 이곳 학생들과 종종 마주쳤다.

슈우카는 중고등학교가 모두 여학교였다. 부잣집 영애들이 많이 다닌다고 한다.

특히 청초한 흰색 교복으로 유명한데, 이곳의 교복을 동경해 입학하는 여학생도 드물지 않았다.

우리는 학교의 정문을 통과해 건물 앞 교정에 도착했다.

오늘 이곳에는 흰색 교복을 입은 학생들이 모여있었다.

물론 우리처럼 다른 학교의 교복을 입은 학생들도 있었고, 사복을 입은 사람들도 남녀노소를 불문하고 많이 보였다.

그랬다. 오늘은 슈우카 여고의 학교 축제였다.

"비가 안 와서 다행이긴 하지만 햇빛이 너무 쨍쨍하네요."

"그러게. 선글라스라도 있으면 편했을 텐데."

나와 후우카는 눈을 찌푸리며 하늘을 올려다보았다.

이글이글 불타는 태양은 한여름과 다를 게 없었다.

하지만 무섭게 생긴 내가 선글라스라도 썼다가는 마피아 보스처럼 기피당할 것이다. 따라서 그늘로 피신을 가는 게 그나마 최선의 방법이었다.

"날씨가 덥다 보니 슈우카 여고 학생들도 다 반팔이네."

"오늘은 다들 분주한 날이니까요. 이 더위에 긴팔을 입었다간 의식 불명자가 속출할 거예요."

"의식 불명자라는 표현이 무섭네."

내가 딴지를 걸자 후우카는 "그런가요?" 하고 고개를 갸웃했다.

후우카는 약간 4차원스러운 성격의 소유자였다.

또한 얼마 전까지 이곳 슈우카의 학생이기도 했다.

입학은 고등학교 때 했다고 한다. 입학하고 거의 1년을 다녔으니 후우카는 이곳이 친숙할 것이다.

"예전에 했던 학교 축제는 오히려 쌀쌀했던 걸로 기억해요."

"음, 그랬던가?"

④
좋아하는 아이에게 고백했더니
쌍둥이 여동생이 덤으로 딸려왔다
SUKI NA KO NI KOKUTTARA
FUTAGO NO IMOUTO GA
OMAKE DE TSUITEKITA

츠바사 후우카
마사키 나카바

CHARACTER
츠바사 유즈키

CONTENTS

SUKI NA KO NI KOKUTTARA
FUTAGO NO IMOUTO GA
OMAKE DE TSUITEKITA

4
좋아하는 아이에게 고백했더니
쌍둥이 여동생이 덤으로
딸려 왔다
SUKI NA KO NI KOKUTTARA
FUTAGO NO IMOUTO GA
OMAKE DE TSUITEKITA
글] • 카가미 유
그림] • 캇토

일러스트 — 캇토

슈우카 여고의 축제는 우리 학교의 축제보다 일주일 늦게 열린다.

따라서 두 학교의 축제는 거의 비슷한 시기에 열렸다. 그런데 작년 축제 때 날씨가 쌀쌀했던가?

"저희 반은 팥빙수 가게를 열었는데 날씨 때문에 매상이 처참했거든요……."

"우, 운이 나빴네."

하긴, 날씨가 쌀쌀하면 아무리 귀여운 여고생이 파는 팥빙수라도 매상을 올리기 힘들 것이다.

"그, 그건 그렇고…… 역시 슈우카의 축제는 분위기가 훨씬 밝네."

"네? 그런가요?"

"우리 학교의 축제랑은 하늘과 땅 차이야."

일주일 전에 마무리된 우리 고등학교의 축제도 제법 성황을 이뤘었다.

하지만 그럼에도 이 아리따운 여자들만 있는 학교의 축제는 느낌이 달랐다.

그도 그럴 게, 부잣집 아가씨들이 다니는 유명한 학교다.

요즘 세상에 찾아보기 힘든 청초하고 예쁘장한 여자애들뿐인 것이다.

물론 후우카의 미모는 격을 달리했지만, 슈우카의 다른 학생들 중에도 남자들을 혹하게 만들 만한 미소녀가 많았다.

입장료로 1만 엔을 지불하라 말해도 납득해 버릴 것 같았다.

"설마 내가 그 유명한 슈우카 여고의 축제에 오게 될 줄이야……."

"슈우카 여고의 축제 입장권에는 고가의 프리미엄이 붙는다나 봐요."

"와보고 싶어서 안달인 녀석들이 적지 않을 테니까."

반대로 나는 이곳에 오려니 마음이 내키지 않았었다. 여고의 축제를 어슬렁거릴 만한 얼굴이 아니었기 때문이다.

정문에서 입장권과 교환해 받은 표찰을 목에 걸고 있으니 얼굴을 가지고 뭐라고 할 사람은 없을 테지만, 괜히 축제를 즐기는 사람들을 겁먹게 하고 싶지는 않았다.

하지만 막상 와보니 생각보다 즐거웠다.

여자친구 옆에서 이런 말을 입 밖에 낼 수는 없겠지만, 나도 건강한 남고생인지라 다른 여학생들에게 시선이 가고는 했다.

그래도 최대한 티를 내지 않는 것이 매너일 것이다.

"그건 그렇고, 남자인 나한테는 살짝 가시방석이네. 방문객도 여자가 훨씬 많고."

"그렇네요. 작년에도 남자는 별로 없었어요. 입장권은 학생 개개인이 필요한 수만큼 학교에 신청해서 발급받도록 되어있거든요. 신청 내용에 문제가 없으면 신청한 개수만큼 그대로 발급이 되죠."

"신청이 기각당하는 경우도 있어?"

"거의 없어요. 대부분은 가족이나 친한 친구를 초대하니까요. 다만, 슈우카의 학생은 딱히 누가 시키지 않아도 여성을 초대하는 경우가 많아요."

"그렇구나. 그래서 여자가 많은 건가."

방문객들 중에는 학생들의 부모뻘에 해당하는 연령대의 성인도 많았는데 이중 대부분이 여성, 즉, 어머니였다.

아무래도 부잣집 영애들이 다니는 학교다 보니 아버지들은 부담을 느끼는 모양이었다.

"마사키 씨는 괜찮아요. 그 표찰을 달고 있으면 당당하게 다녀도 문제없어요."

"그게 마음에 걸렸어."

"왜요?"

"후우카는 우리 학교로 전학을 왔잖아. 그런데 어떻게 축제 입장권을 얻은 거야?"

입장권을 받았을 때도 가볍게 물어보았던 질문이다. 하지만 후우카가 얼버무리는 바람에 제대로 된 대답을 듣지 못했었다.

"츠바사 가문의 관계자 중에는 슈우카를 졸업한 사람이 많거든요. 저희 어머니도 이곳 졸업생이세요."

"그렇구나……."

츠바사 가문은 어마어마한 부자이자, 명문가이기도 했다.

필요하다면 긴밀한 관계를 맺고 있는 슈우카에도 얼마든지 영향력을 행사할 수 있을 것이다.

후우카는 츠바사 가문의 권력을 빌렸다는 사실을 별로 언급하고 싶지 않았던 걸지도 모른다.

참고로 나는 그 가문과 후우카와 유즈키와의 혼인 문제로 적대

관계에 놓여있었다. 설마 은밀하게 제거되거나 하는 건 아니겠지?
어느 날 선글라스를 낀 검은 복장의 남자들에게 둘러싸인다던가?
"아, 마사키 씨. 솜사탕이에요, 솜사탕. 예쁘다♡"
후우카가 반가운 목소리로 말했다. 그대로 성큼성큼 걸어간 후우카는 가게의 여학생과 몇 마디 대화를 나누더니 솜사탕 두 개를 들고 되돌아왔다.
"받으세요, 마사키 씨."
"그래, 땡큐. 돈은?"
"가게를 맡은 학생들이랑은 대부분 친한 사이거든요. 죽어도 돈은 받고 싶지 않다네요."
"주, 죽어도?"
후우카에게서는 무슨 일이 있어도 돈을 받지 않겠다는 결연한 의지가 느껴졌다…….
가게 간판에 1—C라고 적혀있는 걸 봐서 후우카의 후배인 듯했다.
후우카는 후배들의 존경을 받고 있구나.
"와. 맛있어요, 이 솜사탕. 달고 폭신폭신하네요."
"그렇네. 달다."
확실히 달고 맛있었다. 하지만 나처럼 무섭게 생긴 인간이 솜사탕을 핥고 있으면 주변에서 이상하게 여기지 않을까?
예쁘장한 후우카에게는 솜사탕같이 동화적인 간식거리가 잘 어울리지만.

"그런데 후우카, 정말 이래도 괜찮겠어?"

"둘이서만 오고 싶었어요."

웃으며 대답한 후우카는 솜사탕을 덥석 베어 물었다.

흐음…….

그랬다. 나와 후우카는 지금 둘이서만 슈우카 여고의 축제를 방문한 상태였다.

후우카의 쌍둥이 언니 유즈키는 친구인 타카야 리나와 같이 놀고 있었다.

메이드인 나가미 아사와 유우도 "오랜만에 전력을 다해 청소하겠어요"라고 말하며 집에 남았다.

참고로 리나의 여동생인 나라카도 일을 하느라 바쁘다는 모양이었다.

다만, 후우카는 애초부터 나와 둘이서만 축제에 가기로 결정했었다.

'저도 이제 유즈 언니의 덤에서 졸업할게요.'

우리 학교의 축제가 시작되기 전날, 후우카는 그렇게 선언했다.

모든 것은 내가 같은 반이었던 츠바사 유즈키에게 고백하면서 시작되었다.

그런데 "내 쌍둥이 여동생과 양다리를 걸치면 사귀어 줄게"라는 예상밖의 대답을 들어버렸고, 정말로 유즈키의 여동생인 후우카와도 사귀게 되었다.

당시의 후우카는 "언니의 덤"을 자처할 정도로 본인의 상황을 대수롭지 않게 여겼었다.

하지만 내 마음이 유즈키에게 기울었다는 사실을 알아버린 지금의 후우카는 덤에서 졸업하려 하고 있었다.

그래서 유즈키 없이 나와 둘이서만 외출을 감행한 것이리라.

"저, 마사키 씨. 죄송한데요."

"어? 응?"

어느새 솜사탕을 다 먹어치운 후우카가 미안하다는 얼굴로 나를 쳐다보고 있었다.

"무슨 일인데? 후우카."

"저쪽에 있는 애들이 저랑 같은 반이었던 친구들이라서요."

"응?"

이쪽에서 몇 미터 떨어진 곳에 크레이프를 파는 가게가 있었고, 그 앞에 흰색 교복의 여학생 세 명이 나란히 서있었다.

그녀들은 뻣뻣하게 웃으면서 나에게 머리 숙여 인사를 했다.

아무래도 저 여학생들은 나와 후우카의 관계를 알고 있는 모양이었다.

저 어색한 미소는 내가 흉악하게 생겼기 때문일 테지.

"그래. 나는 신경 쓰지 말고 친구들하고 이야기하다 와. 나는 근처에서 적당히 어슬렁거리고 있을게."

"죄, 죄송해요. 제가 오자고 한 건데. 최대한 빨리 돌아올게요."

"천천히 놀다 와도 괜찮아. 정말이야."

내가 쓴웃음을 짓자 후우카는 고개를 꾸벅 숙인 뒤 친구들을 향해 종종걸음으로 달려갔다.

나와 단둘이 외출하는 것은 후우카에게 있어 덤에서 졸업하기 위한 중요한 첫걸음이다.

하지만 그럼에도 친구들과 지내는 시간은 소중한 것이다.

"……그건 그렇고, 내가 혼자서 어슬렁거려도 되나. 아무리 이게 있어도 말이지."

나는 목에 걸린 표찰을 손에 들고 쳐다보았다.

이게 있는 한 쫓겨나지는 않을 테지만, 그래도 나는 이 화사한 여학교에 너무나도 어울리지 않는 존재였다.

그래서 나는 사람이 적은 장소에 가 있기로 했다. 그건 그것대로 수상하다고 여겨질 우려가 있지만 이 북적거리는 교정을 돌아다니는 것보다는 나았다.

나는 교정을 벗어나 학교 건물 뒤편으로 향했다.

막상 와보니 사람은 아무도 없었다.

딱히 출입 금지 안내판이 세워져 있지는 않았건만, 사실은 들어오면 안 되는 건지도 모르겠다.

"응?"

다시 돌아가려던 순간, 사람 목소리가 들려왔다.

여기에도 사람이 있는 건가?

나는 건물 모퉁이에 숨어서 목소리가 들려온 방향을 엿보았다.

"이봐, 이봐. 이런 곳까지 데려와 놓고 그게 무슨 소리야?"

"슈우카 여고에 다니는 여자애치고는 적극적이라서 기대했는데."

"돌아가라니. 우리는 엄연히 입장권을 내고 들어온 손님이라고."

네 명의 남자 양아치들이 보였다.

놈들 앞에는 흰색 교복을 입은 여학생이 한 명 있었다.

검은색 포니테일에 늠름하면서도 곱상한 생김새.

키는 큰 편이었지만 마른 체형이라 남자들에 비하면 몸집은 한참 작았다.

"하아……."

나는 한숨을 푹 내쉬었다.

하긴, 예쁘장한 여학생들이 다니는 학교니 이런 녀석들이 꼬이는 것도 당연했다.

같은 남자로서 부끄러울 따름이다.

"이봐. 듣고 있어? 우리의 기대를 배신했으면 대가를 치러야 하는 거 아냐?"

"웃기지 마."

엥?

남자들에게 둘러싸인 여자가 매서운 말투로 말했다. 내가 무심코 당황할 정도였다.

"누가 너희를 데려왔다는 거냐. 너희가 계속 귀찮게 굴어서 사람들이 없는 장소로 이동했을 뿐이다. 너희 같은 불량배들이 알짱거리면 다른 학생들이 무서워하니까."

"무서워해? 우리가 얼마나 상냥한데."

"맞아, 맞아. 침대에서도 상냥하기로 유명하다고."

"거짓말 마. 네가 얼마 전에 데려왔던 그 계집애, 얼굴이 탱탱 부었더만. 예쁘게 생긴 애였는데 말야. 나도 맛 좀 보려고 했는데 너 때문에 그냥 돌려보냈잖아."

"…………."

저놈들, 전혀 주눅 든 기색이 없군.

게다가 말하는 내용도 인간쓰레기가 따로 없었다.

무슨 수를 썼길래 이런 양아치들이 명문 여고의 축제에 기어들어 온 것일까.

좀 더 엄격한 기준을 가지고 입장권을 배포할 필요가 있어 보였다.

"네가 여기서 우리랑 몸의 대화를 나눠주면 얌전히 돌아갈게."

"맞아. 원래는 몇 명쯤 낚아서 데려가려 했는데, 이 정도로 수준이 높으면 한 명으로도 충분하지."

"그래도 번호는 딸 거지만. 어쨌든 넌 한동안 우리랑 어울려 줘야겠어."

헤헤헤, 하고 남자들이 천박하게 웃었다.

어딜 가나 있구나. 여자를 못 꼬셔서 안달 난 양아치들은…….

그러고 보니 유즈키가 내게 호의를 갖게 된 계기도 내가 유즈키를 양아치에게서 구해주면서였다.

유즈키를 구해줬던 내가 저 여학생을 모른 체할 수도 없는 노릇이었다.

"그나저나 얼굴도 반반한데 가슴도 꽤 큰걸. 월척이네."

남자 중 한 명이 포니테일 여학생의 가슴으로 손을 뻗었다.

어이, 그건 치한이잖아. 선을 넘었다고.

내가 건물 모퉁이에서 뛰쳐나가려던 그 순간.

"닥쳐라, 이 쓰레기!"

"크억!"

양아치의 면상에 포니테일 여학생의 발차기가 작렬했다.

양아치는 그대로 바닥에 털썩 쓰러지고 말았다.

빠, 빠르다!

여학생의 다리가 군더더기 없는 궤도를 그리며 허공을 가로질렀다. 훌륭한 하이킥이었다.

스커트가 말려 올라가 한순간 하얀색 팬티가 보였지만 양아치 중 누구도 그 사실을 깨닫지 못했다.

그만큼 빠른 발차기였다.

그런데 나는 어째서 배틀 만화처럼 해설하고 있는 거지?

"이, 이 자식, 여자라고 생각해서 봐줬더니……!"

"건방 떨기는! 제압해!"

"너희가? 나를?"

여학생은 후후, 하고 웃었다. 양아치들의 위협에도 전혀 움츠러든 기색이 없었다.

여학생은 순식간에 양아치 중 한 명에게 접근하더니, 손바닥 아랫부분으로 그의 턱을 쳐 올렸다.

뒤이어 공중으로 뛰어오른 그녀는 옆에 있던 양아치의 관자놀이를 팔꿈치로 날카롭게 가격했다.

"윽!"

양아치가 기절해서 허리를 숙이자, 여학생은 그의 머리카락을 잡아당기며 면상에 무릎 차기를 꽂아 넣었다.

빠, 빠르기도 하지만 자비가 없어!

"이 자식, 까불지…… 윽?!"
마지막 네 명째 양아치가 달려들자, 포니테일 여학생은 몸을 빙글 반회전시켜 뒤쪽으로 돌려차기를 날렸다.
그 돌려차기도 양아치의 면상에 정확하게 적중했다.
결국 네 명의 양아치는 전부 바닥을 나뒹굴게 되었다.
이렇게 다시 보니 양아치들은 전부 면상을 공격당했다.
체격에서 불리한 포니테일 여학생은 피해를 가장 극대화할 수 있는 얼굴에 공격을 집중시켜 파워를 보강한 것이리라.
저 여학생, 곱상한 생김새와 다르게 싸움에 상당히 익숙한 걸…….
복장은 여느 청초한 여학생들과 똑같은 하얀 교복이건만, 성격이나 분위기는 마치 다른 생물 같았다.
"이봐, 너."
"앗."
"방금 전부터 뭘 그렇게 훔쳐보고 있는 거지?"
"아, 잠깐. 나는 저놈들의 동료가 아냐."
포니테일의 여학생이 내가 있다는 사실을 알아챈 듯했다.
일단 저 양아치들과 무관한 사이임을 입증하는 게 급선무였다.
"그러면 거기서 뭘 하는 거지? 난 구경거리가 아냐."
"맞는 말이야. 난 그저…… 도망쳐!"
"어?"
포니테일 여학생이 당황해서 되물었지만 나는 그 반응을 지켜볼 겨를도 없이 앞으로 달려 나갔다.

단숨에 여학생 앞까지 도달한 나는 황급히 손을 내밀었다.

"역시 네놈도 이 녀석들의 동료구나!"

"변명은 나중에! 지금은 그럴 여유 없어!"

그렇게 외친 나는 여학생의 등 뒤로 손을 뻗어 몰래 다가오던 양아치의 손목을 붙잡았다.

"제, 제길! 이 자식, 방해하지 마……!"

그는 맨 처음 쓰러졌던 양아치였다. 나는 그의 손목을 강하게 틀어쥐었다.

양아치의 손에는 작은 나이프가 들려 있었다.

크기는 작지만 휘두르기라도 하면 곱게 끝나지는 않을 것이다.

"일단 이놈부터 처리할게. 어이, 그만 포기해."

나는 포니테일 여학생에게 양해를 구한 뒤 양아치의 손목을 더욱 세게 비틀었다.

"아야야야!"

관절이 꺾이자 양아치는 비명을 내지르며 들고 있던 나이프를 떨어트렸다.

나는 재빨리 그 나이프를 걷어차 버렸다.

"이, 이 자식…… 히익?!"

굽히지 않고 위협하려던 양아치가 갑자기 식겁한 표정을 지었다.

내가 인상을 찡그리며 양아치를 노려본 것이다.

나는 본 적이 없지만, 이 표정은 다 큰 어른도 실금하게 만들 정도로 무섭다고 한다.

"서, 설마 넌 마사키 나카바……! 기, 기다려 줘! 너랑 싸울 생각은 없었어!"

"뭐야. 내가 누군지 아는 거냐. 그럼 어떻게 해야 하는지도 알겠지?"

"당장 떠나겠습니다!"

"그게 다야?"

"오늘 있었던 일은 전부 잊어버리겠습니다! 저 여자 앞에도 두 번 다시 나타나지 않겠습니다!"

"잘 아네. 얼른 돌아가."

내가 눈을 더욱 매섭게 부라리며 말했다.

양아치는 쓰러져 있는 동료들을 억지로 일으키더니 질질 끌다시피 하며 자리를 떠나갔다.

나 원…….

나는 깡패도, 불량배도 아니건만 이 흉악한 얼굴 때문에 예전부터 싸움에 자주 휘말렸다. 그래서 본의 아니게 싸움에 익숙해지고 말았다.

그렇지만 설마 양아치들 사이에서 공포의 대상으로 인식되고 있었을 줄이야…….

"막 나가는 데도 정도가 있지. 평화로운 여학교에 들이닥쳐서 철 지난 학원 폭력물 같은 짓을 일삼다니."

"이, 이봐. 당신……."

"아, 맞다. 몸은 좀 어때. 괜찮아?"

포니테일 여학생이 미심쩍은 눈으로 나를 쳐다보고 있었다.

하긴, 저 여학생이 보기에는 나도 이 양아치들과 크게 다를 게 없었다.

"미안. 더 빨리 구해주러 왔어야 했는데. 다친 데는 없고?"

"다친 데는 없지만……. 당신은 대체 누구지……?"

"나는 축제에 놀러 온 평범한 학생이야. 지금은 일행이랑 따로 움직이는 중이고."

"자세히 보니……."

"응?"

포니테일의 여학생이 내 얼굴을 빤히 응시했다.

워낙 생긴 게 무섭다 보니, 처음 만난 여성이 이렇게 오랫동안 내 얼굴을 쳐다보는 경우는 드물었다.

"……괜찮네. 나쁘지 않겠어. 이 위압감, 이 생김새. 마치 전국시대의 호걸 같은……."

"엥? 호걸?"

도대체 중얼중얼 무슨 말을 하는 거지?

"마사키 씨~!"

그때 익숙한 목소리가 들려왔다.

이윽고 마사키의 예상대로 후우카가 모습을 드러냈다.

양손에 사과 사탕을 하나씩 들고 있었다.

"친구들한테 사과 사탕을 받아 왔어요. 이런 곳에서 뭘 하고 계시는 건가요?"

"후우카야말로 내가 여기에 있다는 걸 용케 알았네?"

"주변에 물어봤더니 가르쳐 주더라고요."

"그렇구만."

나는 나쁜 의미로 눈에 띄는 편이니 이해가 갔다.

지나가는 사람들한테 물어보면 어디로 갔는지 금방 알 수 있을 것이다.

"죄송해요. 기다리게 해서. 그런데…… 어라?"

"…………."

후우카는 그제야 내 앞에 있는 포니테일의 여학생이 눈에 들어온 듯했다.

그런데 뭔가 이상한걸. 이 여학생, 입을 쩍 벌리고 있는데?

"누, 누님?!"

"앗, 누군가 했더니 아리스였군요. 오랜만이에요."

"…………."

누님? 아리스?

츠바사 자매에게 또 하나의 여동생이 있다는 말은 들어본 적이 없었다.

"후우카. 아는 애야?"

"네. 슈우카에 다닐 때 알고 지내던 친구예요. 유우키 아리스라고 해요."

"치, 친구라뇨, 어찌 그런 말씀을! 누님, 전 어디까지나……."

아리스라고 불린 포니테일 학생은 등을 꼿꼿하게 편 다음 직각으로 머리를 숙였다.

"누님의 덤입니다!"

1. 쌍둥이는 제자를 들이고 싶은 모양입니다

여름의 끈질긴 발버둥은 갑작스럽게 끝을 맞이했다.

슈우카 여고의 축제가 끝난 다음 날. 지구가 계절이 가을로 바뀌었다는 사실을 떠올리기라도 한 것처럼 기온이 크게 내려갔다.

"마사키는 긴팔도 어울리네. 체격이 있어서 그런가?"

"그래? 원래부터 근육이 많은 편이긴 했어."

교복을 입은 모습을 칭찬받은 건 태어나서 처음이었다.

내가 다니는 고등학교의 동복 상의는 남녀 모두 같은 디자인을 채용하고 있었다.

진한 회색의 재킷와 동일한 색의 긴 바지.

여자도 마찬가지로 회색 재킷에 회색 체크 무늬 치마를 입었다.

여자 교복에 정성이 더 들어갔다는 평가를 받지만, 남자 입장에서는 좋으면 좋았지 싫지는 않았다.

유즈키도 회색 재킷를 입고 있었지만 단추는 풀어헤친 상태였다.

그리고 여름에 블라우스를 팔까지 걷어붙이고 다녔던 것처럼 동복의 소매도 걷어붙이고 있었다. 이것이 유즈키의 패션 철학인 듯했다.

그랬다. 오늘 나는 유즈키와 둘이서 등교 중이었다.

후우카는 용건이 있다면서 이른 시간에 학교로 출발했다.

"그래도 여름에 비하면 단정하게 입었네."

"마음에 드는 교복이거든. 살짝 흐트러트리는 정도가 딱 좋아."
"그랬군. 납득했어."
유즈키는 꾸미기 좋아하는 갈색 머리의 소녀로, 옷차림도 언제나 화려했다.
교복을 입는 데도 자신만의 규칙이 있는 듯했다. 더 추워지면 가디건도 두른다고 하는데, 그것도 잘 어울릴 것 같았다.
어차피 유즈키라면 어떤 옷이라도 어울릴 테지만. 전직 모델이기도 했고.
"어제는 그렇게 더웠는데 말야. 이 시기에는 뭘 입을지 정하는 것도 쉽지 않네."
"아사랑 유우한테 부탁하면 대신 골라주지 않아?"
"맞아. 부탁만 하면 그날 기온에 맞는 옷을 바로 대령해 올걸. 교복이든, 사복이든."
"역시 대단하네. 그 두 사람은."
츠바사 가문의 메이드는 우수해서 이런 사소한 업무도 확실하게 처리했다.
"나도 어느새 옷장을 보니 동복이 들어있더라……. 좀 놀랐어."
"아아. 나는 이미 익숙해졌지만 마사키한테는 아직 낯설겠네. 메이드는 주인이 모르게 일을 처리하는 게 기본이거든."
"그게 메이드의 미덕이라 이건가."
본가에 있을 때는 계절이 바뀔 때마다 알아서 옷을 챙겨 입었었다. 심지어는 여동생인 와카바의 옷까지 챙겨줬었다.
부모님은 양쪽 모두 라면 가게인 '진룡'을 운영하시느라 바빴다.

아버지도, 어머니도 고등학생이 된 자녀까지 돌봐주진 않았고, 나도 자기 앞가림은 스스로 할 수 있다는 데 자부심을 느꼈다.

"참, 이제 생각났다. 마사키, 다친 데는 없어?"

"응?"

"후우카한테 들었어. 어제 날라리들이랑 트러블이 있었다며?"

"날라리……. 아니, 다혈질인 녀석들이긴 했지만 별일 없었어. 폭주족이나 그룹에 소속된 녀석들은 성가시단 말이지. 그런 녀석들은 체면을 세운답시고 잘 물러나지 않거든."

"마사키는 이상한 데 빠삭하네."

"나도 빠삭하고 싶어서 빠삭해진 건 아냐."

나는 쓴웃음을 지으며 말했다.

나도 한때는 폭주족이 다 사라진 줄 알았지만 실제로는 아직 남아있었다.

그래도 아직까지 특정 패거리에 소속된 녀석들과 얽힌 적은 없었다. 아는 양아치에게 성가신 녀석들이니 조심하라고 들은 적이 있다.

"그래? 위험하다 싶으면 츠바사 가문에서 대처할 테니까 언제든지 말해."

"대처라니. 표현이 무섭네."

"걱정하지 마. 우리는 준법 정신이 투철해서 폭력은 사용하지 않아."

"……폭력 이외의 방법은 사용한다는 뜻이군."

별로 온건한 방법은 아닌 듯했다.

츠바사 가문도 바보가 아닌 이상 섣불리 합의금을 건넸다가 계속 돈을 뜯기는 우를 범하진 않을 것이다.

원래 싸움이란 치고박는 것보다도 뒤처리가 더 귀찮은 법이다.

그래도 내 경우엔 흉악한 얼굴과 나쁜 평판 덕분에 뒤처리에 애를 먹진 않았다. 다행인 건지, 불행인 건지 모르겠다.

“어쨌든 어제 일이라면 걱정하지 마. 후우카가 휘말리거나 하진 않았어.”

“그 애는 호신술을 익히고 있어서 남자 두세 명 정도는 간단히 쓰러트릴 수 있어.”

“……즉, 유즈키도 두세 명은 너끈하다는 말이네.”

운명의 쌍둥이인 유즈키와 후우카는 비슷한 시간에 우연히 비슷한 상황을 겪는 경우가 비일비재했다. 심지어 성적이나 운동신경 같은 능력치도 완전히 동일했다.

완력도 완전히 호각이라 팔씨름을 하면 영원히 승부가 나지 않을지도 몰랐다.

“그건 그렇고, 후우카도 허세가 아니라 진심인 모양이네.”

“그런가 봐.”

갑자기 화제가 바뀌었지만 나는 당황하지 않고 대답했다.

후우카가 유즈키의 덤에서 졸업한 것을 두고 한 이야기였다.

한 가지 분명한 점은, 후우카가 언니를 적대할 생각이 없어 보인다는 것이다.

후우카가 작정하고 공세에 나섰다면 애초에 나와 유즈키가 둘만 있는 상황을 만들지도 않았을 것이다.

"그래서 말인데, 유즈키는…… 어떻게 생각해?"

"보아하니 나랑 대립할 생각은 없는 것 같아. 그렇다면 문제 없어."

"너희가 싸움을 시작하면 나도 개입하려 했는데……."

"나는 후우카가 하고 싶은 대로 하도록 놔둬도 된다고 생각해. 애초에 그 애랑 어떻게 싸워야 할지도 모르겠어."

"그러게. 너희가 진심으로 싸우는 모습은 상상이 잘 안 가."

유즈키와 후우카는 사이좋은 자매다.

하지만 그렇다고 지금까지 충돌이 없었던 건 아니다.

츠바사 가문에서 혼인을 결정했을 때도 그랬고, 축제 때도 주역을 놓고 부딪혔었다.

하지만 그렇게 부딪히는 와중에도 유즈키와 후우카는 서로를 생각해 주는 것처럼 보였다.

이번에는 과연 어떻게 흘러갈까?

"어제도 그랬지만, 유즈키랑 둘만 있으려니 위화감이 느껴질 지경이야."

"아하하. 마사키랑 살게 된 뒤로는 나랑 후우카가 계속 세트로 다니긴 했지. 난 후우카가 없어도 딱히 이상한 기분은 안 들어. 학교도 따로 다녔었고."

"운명의 쌍둥이라 이건가……."

떨어져 있어도 이어져 있다는 로맨틱한 표현을 곧잘 들을 수 있다. 하지만 유즈키와 후우카에게는 그것이 현실이었다.

"그래도 진심을 발휘한 후우카를 상상하면 무섭긴 해. 그 애는 일부러 나서지 않을 뿐이지 능력은 뛰어나니까."

"윽……. 그건 그래."

유즈키와 후우카 모두 뛰어난 재능과 능력을 보유하고 있었다.

그에 비하면 나는 얼굴이 무섭고 싸움을 좀 잘할 뿐이다.

후우카가 진심으로 들이댄다면 저항할 수나 있을지 자신이 없었다.

"아, 또 하나 생각났다. 축제에서 만났다며. 그 애."

"응? 유즈키도 아는 애였어? 이름이…… 뭐라고 했더라."

"유우키 아리스. 다니는 학교는 달라도 서로가 어떻게 지내는지는 아니까."

"그렇구나. 하긴."

유즈키와 후우카도 집에 돌아오면 하루 일과에 대한 이야기를 나눌 것이다.

두 사람은 남부럽지 않을 정도로 사이좋은 자매니까.

"어제 그 소란 때문에 결국 슈우카 여고의 교사가 뒤뜰로 찾아왔어. 하지만 포니테일 여자애는 그새 어디론가 떠나버렸지. 유즈키도 그 애를 안다고? 물어보고 싶은 게 있어."

"조금은. 하지만 본인한테 물어보는 게 어때?"

"응? 본인한테 물어보라니? 다니는 학교가 다른걸."

내가 고개를 갸웃하자, 유즈키가 손가락으로 길 반대편을 가리켰다.

그러자 누군가가 모퉁이 너머로 머리만 빼꼼히 내밀고 있었다.

"유우키 아리스?"

흑발의 포니테일. 다부지면서도 곱상한 생김새.

그리고 불쑥 튀어나온 머리 밑으로는 슈우카 여고의 하얀색 교복도 살짝 보였다.

슈우카 여고의 동복은 옷감이 두꺼워지고 긴팔로 바뀌었을 뿐 흰색 디자인은 그대로였다.

"거기서 몰래 훔쳐보지 않아도 되는데."

"헉……?!"

유우키 아리스는 내게 들켰다는 사실을 깨닫고 화들짝 놀란 표정을 지었다.

"맞아. 얼른 이리 와."

"아, 알겠다……."

유즈키가 손짓을 하자, 유우키 아리스는 고개를 끄덕이더니 모퉁이를 나와서 종종걸음으로 달려왔다.

"오랜만이다. 그러니까…… 마사키라고 했던가."

"반가워. 생각해 보니 통성명을 하긴 했었구나."

어제 교사가 찾아오기 전에 이름을 대긴 했었는데 기억해 준 모양이다.

물론 나도 마찬가지다.

아리스의 늠름한 생김새와 남자다운 말투를 잊을 리가 없었다.

"네 이름은 유우키 아리스였지?"

"큭……!"

"응?"

이름을 불렀을 뿐인데 아리스는 분한 표정을 지었다.

성까지 붙여서 불렀으니 문제 될 건 없을 텐데. 내가 뭔가 놓친 것일까?

"아, 아리스라는 이름은…… 아니, 괜찮다! 마사키 씨, 당신에게는 아리스라고 부르는 것을 허락하지!"

"그, 그래."

최근 들어서 여자애를 이름으로 부르는 일이 많아진 기분이다.

유즈키를 이름으로 부르기 전까지는 성으로 부른 적조차 거의 없었건만.

나한테 이름을 불린 여자애는 벌벌 떨면서 무서워하기 때문이다. 나한테도 그건 가슴 아픈 경험이었다.

"그런데 아리스는 왜 여기에 있는 거야? 슈우카 학생들은 이 길로 안 다니잖아."

애초에 우리 학교와 슈우카 여고는 내리는 역부터가 달랐다.

"아, 후우카를 만나려고 한 건가. 그 녀석은 일찍 등교해서 벌써 학교에 도착했을 거야. 내가 연락해서……."

"아니!"

"응?"

"누님이 아니다. 나는 마사키 씨…… 당신한테 용건이 있어서 왔어."

"나? 참, 그렇지. 실은 나도 신경이 쓰였어. 축제 때 널 괴롭히던 녀석들이 나중에 또 시비를 걸지는 않았어? 네 연락처라도 물어봐 둘걸 하고 후회하던 참이었어."

일단 겁을 주고 쫓아 보냈으니 큰 문제는 없을 테지만, 워낙 미련한 녀석들이라 주제도 모르고 또 들이댈지도 몰랐다.

“그, 그건 괜찮아. 그 녀석들도 마사키 씨한테는 거스르지 못할 테니까.”

“그렇게까지 무서워하면 내 기분이 착잡한데…….”

“아하하. 잘 아는구나, 아리스. 불량배들도 마사키가 노려보면 다시는 덤비지 못하거든.”

줄곧 입을 다물고 있던 유즈키가 깔깔거리며 웃었다.

내 무서운 얼굴을 저렇게 웃음거리로 삼는 사람은 유즈키 정도밖에 없었다.

“당신, 그 얼굴은 혹시…… 누님의 언니인가?!”

“누님의 언니라니, 표현이 이상하네. 뭐, 맞아. 츠바사 유즈키라고 해. 잘 부탁해. 여동생이랑 사이좋게 지내고 있다면서?”

“사이좋게 지낸다니, 터무니없는 말씀을! 저는 누님의 덤일 뿐입니다!”

“…………….”

“…………….”

나와 유즈키는 동시에 입을 다물고 말았다.

후우카가 덤을 관두는가 싶더니 또 새로운 덤이 나타나고 말았으니까.

얼마 전에는 유즈키의 덤인 타카야 리나와, 그 리나의 덤인 여동생 나라카가 따라왔다.

덤이 너무 많아서 이제는 누가 본체인지도 헷갈렸다.

“누가 본체지……?”

보아하니 유즈키도 나랑 똑같은 생각을 한 모양이었다.

후우카뿐 아니라 나까지 유즈키와 싱크로돼 버리는 기분이다.

"본체라니, 그게 무슨 소리지? 아, 죄송합니다. 제 말투가 딱딱한 편이라."

"됐어. 후우카의 동급생이면 나랑 같은 나이일 테니까. 반말로 해도 괜찮아. 존댓말을 쓰는 후우카가 특이한 거야."

"알겠다, 누님의 언니분!"

"유즈키라고 부르면 돼."

"아무리 그래도 이름으로 부르는 건……. 유즈키 씨라고 부를게."

"흠, 내 이미지가 존칭이랑은 잘 안 맞는데. 뭐, 괜찮겠지."

유즈키는 사소한 건 신경 쓰지 않는 성격이었다.

"그래서? 마사키한테는 무슨 용건인데?"

"이런. 이야기가 옆길로 샜었군. 마사키 나카바."

"뭐지?"

"나를…… 당신의 제자로 받아줘!"

"…………."

그래, 이해했다. 또 귀찮은 일이 굴러들어 왔구나.

이제는 웃음밖에 나오지 않았다.

길가에 멀뚱히 서서 대화를 나눌 수도 없었기에 우리는 일단 학교로 향했다.

마침 유즈키는 예전에 후우카가 몰래 잠입했던 루트를 알고 있었고, 우리는 그 루트를 통해 아리스를 학교에 들여보냈다. 명백한 불법 침입이었다.

그렇게 나와 유즈키, 아리스는 학교의 뒤뜰에서 대화를 나누었다.

아침 댓바람부터 이런 데서 뭘 하는 건지.

"그래서…… 제자가 되고 싶다는 게 무슨 뜻이야?"

귀찮은 일을 떠맡게 될 것 같다는 예감밖에 들지 않았다.

그래도 이야기는 들어봐야 했다. 본인은 덤을 자처하고 있지만 엄연히 후우카의 친구니까.

내 질문에 아리스는 진지한 얼굴로 고개를 끄덕였다.

"사실, 나는 평소에 시비가 걸리는 경우가 많아."

"이거 우연인걸. 나도 그래."

"길을 걷고 있으면 질 나쁜 남자들이 말을 걸어오지. 그래서 쫓아내려고 하는데 어째서인지 매번 싸움이 되어버리더군."

"그건……."

자주 시비가 걸리는 건 아리스의 말투가 건방져서 아닐까?

싸움으로 변하는 건 아리스가 먼저 주먹을 휘둘렀기 때문일지도…….

남자들이 말을 건 이유는 한번 꼬셔보기 위해서일 것이다.

물론, 먼저 꼬시려고 말을 거는 쪽이 백번 나쁘다.

이런 부류의 녀석들은 대개 끈질기기 때문에 폭력적인 수단으로 퇴치하고 싶어지는 심정도 충분히 이해가 되었다.

하지만 지금은 현실적인 조언을 해줄 필요가 있었다.

"아리스, 잘 처신하는 법을 배우지 않으면 똑같은 일이 계속 반복될 거야."

"어째서 내가 얼굴도 모르는 녀석들 때문에 처세술을 배워야 하는 거지?"

"지당한 말이지만, 세상살이라는 게 그래."

마음에 들지 않는다고 일일이 치고받고 싸우면 끝이 없다.

폭행범으로 경찰에 잡혀가지나 않으면 다행이었다.

"그건 나도 알아. 나도 치고받고 싸우고 싶다는 건 아냐. 마사키 씨, 당신은 폭력을 휘두르지도 않고 나쁜 놈들을 쫓아냈지. 정말 굉장했어. 눈이 번쩍 뜨이는 기분이었다."

"………….."

아리스의 커다란 눈이 나를 지그시 바라보았다.

그것은 내가 살면서 한 번도 받아본 적이 없는, 존경심이 담긴 눈빛이었다.

츠바사 자매, 쌍둥이 메이드, 타카야 자매로부터 호의 어린 시선을 받아본 적은 있지만, 존경의 대상이 되어본 것은 처음이었다.

여동생 와카바도 마찬가지다. 오빠를 향한 존경심은 눈꼽만큼도 찾아볼 수가 없었다.

"그런 방법도 있구나, 하고 감동했다!"

"가, 감동? 아무리 그래도 감동할 것까지야. 때리지만 않았을 뿐이지 결국에는 힘을 썼는걸. 뭐, 그런 녀석들은 꼭 아픈 꼴을 봐야만 물러나거든."

17년 인생을 살면서 본의 아니게 터득한 교훈이다.

"마사키 씨, 그래도 그건 싸움이 아니었다. 힘을 쓴 것도 보조적인 수단에 불과했지."

"응? 하려는 말이 뭐야?"

"마사키 씨에게는 압도적인 박력이 있다. 기백만으로 적을 제압할 정도의 박력이."

"액션 만화에 나올 것 같은 소리를 하네……."

옆에 있던 유즈키가 나지막이 중얼거렸다. 나도 동감이었다.

"하지만 그것도 내가 과거에 싸워봤기 때문이야. 그 녀석들은 내가 무섭다는 걸 소문으로 들어서 알고 있으니까 노려보기만 해도 도망친 거지. 내 싸움 실력이라는 전제가 받쳐준 결과야."

"있잖아, 마사키는 그렇게나 많이 싸우고 다녔어?"

"윽……. 솔직히 말하면 중학교 때는 꽤 심했어."

이건 유즈키와 후우카에게도 아직 털어놓지 못했떤 사실이다.

내가 다니던 중학교는 요즘 세상에 보기 힘든 불량한 학교로, 적잖은 수의 양아치가 있었다.

나는 녀석들과 부딪칠 생각이 눈꼽만치도 없었지만 얼굴이 무섭다는 이유만으로 여러 차례 시비가 걸렸다. 그렇다고 얌전히 당해줄 생각도 없었기에 내 쪽에서 때려눕히곤 했다.

학교 안에서도, 밖에서도 싸우고 또 싸웠다.

돌이켜 보면 험난한 나날이었다. 양아치들의 리더격에 해당하는 녀석과 한바탕 결판을 내고 나서야 이 수라의 길이 끝을 맞이했다.

……라는 이야기를 유즈키와 아리스에게 간단히 설명해 주었다.

"마사키 너, 학원 폭력물 같은 인생을 살았구나."

"냅두셔."

내가 생각하기에도 80년대를 연상시키는 학창 시절이었다.

"말해두지만, 내가 먼저 싸움을 건 적은 단 한 번도 없어."

그 누구도 믿지 않지만 나는 폭력을 싫어한다.

아니지. 유즈키와 후우카, 아사와 유우, 리나와 나라카라면 믿어줄 것이다.

나한테는 의외로 믿어주는 사람이 많구나.

"그래, 알아. 마사키 씨는 그런 사람일 거라고 생각했어."

여기 한 명이 더 있군. 나도 모르는 사이에 새로운 신뢰를 얻은 모양이었다.

"나도 폭력은 싫어해. 사람을 때리고 싶다고 생각한 적은 없어."

"제대로 된 녀석이구나."

"그러니 나한테도 가르쳐 줘! 어떻게 하면 죽이지 않고 쓰러트릴 수 있는지!"

"잠깐! 사람을 죽인 적은 없거든?!"

이러면 내가 수많은 사람을 죽인 끝에 죽이지 않고 제압하는 법을 터득한 사람 같잖아!

"아, 실례. 어쨌든 폭력적이지 않은 방법을 전수받고 싶다."

"나한테 그런 부탁을 한들……."

하긴, 불량한 녀석들 대처법 정도는 나도 가르쳐 줄 수 있었다.

여학생한테 이런 걸 가르쳐 줘도 되는지는 잘 모르겠지만…….

"마사키. 고집부리지 말고 가르쳐 주는 게 어때?"

"남 일이라고 쉽게 말하네, 유즈키."

유즈키 이 녀석, 지금 재밌어하고 있는 게 분명했다.

후우카가 덤에서 졸업했다는 커다란 사건이 진행 중이라는 사실을 잊어버린 건가?

"그래도 뭐, 안 될 것도 없나……."

따지고 보면 여자애가 이렇게 나를 의지하는 것도 드문 일이었다.

야한 짓을 가르쳐 달라는 둥의 요상한 해프닝에 비하면 훨씬 건전했다.

"솔직히 나도 예쁘장한 여자애가 주먹질을 하는 모습을 보고 싶진 않거든."

"예, 예쁘다니……! 나는 예쁘지 않아! 누님이나 유즈키 씨와는 다르단 말이다!"

"다르다는 점은 나도 인정해."

아리스는 화려한 날라리 스타일의 유즈키나, 온화하고 청초한 후우카와는 확실히 달랐다.

날카롭고 남성적인 타입이라고나 할까. 아니, 중성적이라고 해야겠지.

"마사키 너, 감각이 좀 마비된 거 아냐? 여자애한테 예쁘다는 말은 보통 안 해. 적어도 이전의 마사키라면 절대로 안 했을걸."

"……그럴지도."

나도 모르게 예쁘다는 말을 해버리고 말았다.

아무래도 무섭기만 했던 과거의 마사키 나카바로 돌아가긴 어려울 듯하다.

"하지만 가르쳐 주고 싶어도 어디서 가르쳐 줘야 할지 막막하네."

"나는 어디든 상관없어. 뭣하면 길에서도 오케이다."

"그건 안 되지. 가볍게 움직일 수 있는 장소가 좋겠는걸. 유즈키, 어디 괜찮은 장소가……."

"저희 아파트에 체육 시설이 있어요. 격투기 트레이닝이 목적인 사람도 많이 찾아오죠."

"우왓?!"

"누, 누님?!"

느닷없이 들려온 목소리. 소리가 들린 방향을 쳐다보니 후우카가 긴 머리카락을 흩날리며 서있었다.

후우카도 오늘부터 동복으로 갈아입은 상태였다. 다른 학생들처럼 회색 재킷를 걸치고 있었다.

"좋은 아침, 후우카."

"좋은 아침이에요, 유즈 언니. 아무리 기다려도 교실에 오지 않길래 찾으러 왔어요."

"…………."

덤에서 졸업한 뒤로도 두 사람의 관계는 딱히 변하지 않았구나.

수면 밑에서 치열하게 눈치 싸움을 하는 것 같지도 않았다.

"아, 안녕하세요, 누님!"

"누님이라는 호칭은 관두라고 말했잖아요."

후우카가 후후 웃으며 말했다.

누님이라는 호칭을 사양한 것도 하루이틀이 아닌 모양이었다.

"그보다 마사키 씨. 저도 부탁드릴게요. 아리스의 부탁을 들어주시면 안 될까요?"

"이야기, 듣고 있었구나."

"네. 몰래 엿들었어요."

후우카가 다시금 웃으며 혀를 내밀었다. 귀엽다.

"어쩔 수 없지……. 장소도 마련된 것 같으니 도울 수 있다면 돕도록 할게."

"정말인가요, 마사키 형님!"

"나는 형님이냐!"

나처럼 무섭게 생긴 인간이 형님이라고 불리면 조폭이나 야쿠자로 오해받지 않을까.

"앞으로 잘 부탁드립니다, 형님!"

"결국 형님으로 정해졌구나……."

이 포니테일 여학생, 은근히 제멋대로인 구석이 있었다.

어쨌든.

유즈키와 후우카에게 신세를 지고 있고, 쌍둥이 메이드에게 봉사도 받고, 타카야 자매와도 야한 짓을 하고 있는 나다.

가끔은 남을 돕는 것도 나쁘지 않을 것이다.

2. 쌍둥이는 격투 소녀에게 너그러운 모양입니다

그랑리베시아 요코하마.

40층짜리 고급 아파트로, 컨시어지가 24시간 상주하는 곳이다.

내부에는 체육 시설도 완비되어 있었다. 하지만 나한테는 너무 호화스러워서 이용하길 꺼리고 있었다.

타카야 리나는 춤 강습을 받기 위해 이용해 봤다고 한다.

"잘 부탁드립니다, 형님!"

"그렇게 깍듯하게 굴 필요는 없어. 서로 말 놓기로 했으니까 존댓말 말고 반말로 해줘."

"아, 알겠습…… 알겠어."

포니테일 소녀 아리스가 고개를 끄덕였다.

이곳은 내가 거주하는 아파트의 체육관.

이 체육관의 일부 구역은 요가나 춤을 배우는 공간으로 활용되는 듯했다.

아리스는 배꼽이 드러난 티셔츠에 허벅지가 노출된 검은색 핫팬츠를 입고 있었다. 움직이기 쉬운 차림이다.

나는 학교 운동복을 입고 있었다. 그래서인지 더욱더 양아치스러워 보였다.

"와. 마사키 씨는 체육복도 어울리시네요."

"……고마워."

후우카는 체육관 구석에 무릎을 껴안고 앉아 구경하는 중이었다.

후우카는 예쁜 핑크색 운동복을 입고 있었는데, 얇은 옷감 너머로 G컵 가슴이 강한 존재감을 드러내고 있었다.

그러고 보니, 아리스도 가슴이 제법 큰 편이었다.

얇은 티셔츠 너머로 하늘색 브래지어가 비쳐 보이고 있었다. 의외로 귀여운 색깔이다.

츠바사 자매도 그렇고, 쌍둥이 메이드도 그렇고, 요즘 여자애들은 다들 영양분이 가슴으로 가는 건가?

리나를 제외하면 죄다 거유들뿐이었다.

읏, 이런 생각이나 하고 있을 때가 아니다.

"왜 그러세요, 마사키 씨?"

"그냥. 나도 운동해서 근육이나 키워볼까 하고."

"그것도 좋겠지만 마사키 씨는 지금 이대로도 충분히 멋져요."

후우카가 싱글벙글 웃으며 말했다. 여전히 나한테는 한없이 너그럽구나.

"아. 누님 말대로야, 형님."

"응? 헉!"

아리스가 터벅터벅 다가오더니 내 가슴을 슥 문질렀다.

"가, 갑자기 무슨 짓이야?!"

"형님의 몸은 단련이 잘 되어있어. 가슴팍도 의외로 두껍고, 팔뚝도 단단해. 이런 걸 두고 실전 근육이라고 하던가."

가슴팍에서 손을 뗀 아리스는 내 팔을 덥석 붙잡고 꽉꽉 주물렀다.

나도 나름대로 여자에 익숙해지긴 했지만 다짜고짜 이런 짓을 당하면…….

“응? 형님, 얼굴이 빨갛네. 혹시 열이라도 있는 거야?”

“아, 아니. 몸 상태는 최상이야. 그러니 신경 쓰지 마.”

세 쌍의 쌍둥이 미소녀와 그렇게나 야한 짓을 했는데도 여자를 능숙하게 대하는 건 아직 멀게만 느껴졌다.

이 애는 본인이 예쁘다는 사실을 아는 건지, 모르는 건지…….

“이, 이곳을 빌릴 수 있는 시간은 한정돼 있어. 얼른 시작하자.”

“아, 그랬지. 내가 여자라고 봐줄 필요 없어, 형님. 실전처럼 가르쳐 줘.”

“실전처럼 하면 안 되지.”

나는 덩치가 크지는 않아도 힘은 센 편이다.

반면 아리스는 가냘픈 축에 속했다. 진심으로 대련을 한다면 뼈가 두세 개는 부러질 것이다.

“어디 보자. 우선은 제압하는 법을 간단히 가르쳐 줘볼까. 아리스, 너야말로 전력으로 덤벼봐.”

“알겠어! 그럼 시작할게.”

“…………!”

아리스의 주먹이 내 머리 옆을 휙, 하고 스치고 지나갔다.

한순간 핏기가 가시는 기분이었다.

생각했던 것보다 세 배는 빠르다!

조금만 잘못 피해도 정통으로 얻어맞고 뻗어버릴 것이다.

“흡, 하압, 하앗!”

아리스는 기합을 넣으며 연달아 주먹을 내질렀다.

나는 여유로운 척하며 그 주먹을 피했지만 사실은 사력을 다하는 중이었다.

이 녀석, 강하다……. 아니, 싸움 실력만 놓고 보면 나랑 맞먹을 정도다.

주먹도 막무가내로 휘두르는 게 아니라 절도가 있었다. 가벼운 스텝을 밟는가 하면, 시선과 발의 움직임으로 페인트를 넣기까지 했다.

"와. 멋져요, 아리스."

"그렇게 말하면 부끄럽잖아요, 누님!"

여유만만이구나, 이 녀석들.

누구는 주먹을 피하느라 생고생을 하고 있건만. 아무래도 슬슬 제압할 필요가 있어 보였다.

"형님도 슬슬 공격해 봐. 봐줄 필요 없어."

"마침 그럴 생각이었어."

"으햑?!"

의외로 귀여운 비명 소리가 들려왔다.

아리스의 주먹을 가볍게 받아넘긴 나는, 잽싸게 손목을 붙잡은 뒤 후방으로 돌아가 팔을 비틀어 제압했다.

"아야야얏!"

"대충 이런 식으로 하면 돼."

관절기에 당한 아리스가 고통을 호소했기에 아리스의 손목을 놓아주었다.

"수, 순식간에 제압당했어. 방금 주먹은 죽일 생각으로 휘두른 거였는데."

"아무리 실전처럼 한다지만 그건 좀 너무하지 않아?"

눈물을 글썽이며 어깨를 주무르는 아리스에게 나는 어이가 없다는 듯이 말했다.

그래도 훈련이니 살살 해줄 거라고 생각했건만.

"어쨌든 나야말로 미안하게 됐어. 어깨는 괜찮아? 다치진 않았고?"

"아직은 좀 아파. 하지만, 응. 근육이나 관절이 손상된 것 같지는 않아."

"그래. 다행이네."

아무리 훈련이라지만 여자애를 다치게 할 수는 없었다.

나는 워낙 양아치들과 많이 엮이다 보니 힘 조절도 능숙해졌다.

양아치들은 어디 다치기라도 하면 더 귀찮게 굴기 때문이다.

본인들이 시비를 걸어놓고 막상 다치면 남 탓이라니. 도대체 뇌 구조가 어떻게 돼먹은 건지.

"저기, 마사키 씨? 왠지 표정이 무서운데요?"

"응? 아, 그랬구나. 미안."

과거를 향한 분노가 얼굴에 나타나 버린 모양이다.

내 얼굴은 무서운 게 기본이긴 하지만.

"…………."

"응?"

지금 뭔가 섬뜩한 기분이 들었는데.

"빈틈 발견!"
"…………윽!"
내 품속으로 빠르게 파고든 아리스가 오른팔을 잡아당기며 나를 던져버린 것이다.
완벽한 업어치기. 유도 시합이라면 한판을 따냈을 것이다.
나는 가까스로 낙법을 취해 충격을 최소화했다.
"아직 멀었다!"
"이, 이봐. 진정해."
나와 함께 바닥에 쓰러진 아리스가 등 뒤로 돌아가 내 목에 팔을 감았다.
이 녀석, 진짜로 날 죽일 생각인가!
목을 휘감은 아리스의 팔에 힘이 들어갔다.
"그렇게는 안 돼지!"
"꺄악!"
나는 등 근육으로 브릿지 자세를 취해가며 아리스를 억지로 떼어냈다.
그와 동시에 팔을 뻗어 아리스의 팔을 붙잡았…….
"히아앗♡"
"어?"
하지만 팔을 붙잡으려는 내 시도는 실패로 돌아갔다. 아리스는 몸을 비틀어 벗어나려 했고, 결국 나는 팔이 아닌 다른 부위를 붙잡고 말았다.
그랬다. 내 손아귀는 가슴을 붙잡고 있었다.

설상가상 붙잡을 때 아리스의 티셔츠가 뒤집혀 올라가는 바람에 나는 하늘색 브래지어를 덥석 움켜쥔 모양새가 되었다.

“이, 이런. 내가 잘못했……!”

“미안하다!”

“응?”

아리스의 가슴에서 손을 떼고 사과하려던 나는 아리스에게 선수를 빼앗기고 말았다.

“어, 어째서 아리스가 사과하는 거야?”

“내 실수다! 볼품없는 것을 내보인 것으로 모자라 만지게까지 하다니, 면목이 없다!”

“………….”

이 녀석은 도대체 무슨 소리를 하는 거람.

하늘색 브래지어를 구경한 것으로도 모자라, 의외로 커다란 가슴을 주무르기까지 했는데 어째서 내가 사과를 받는 거지?

“아니. 방금 건 내 잘못이었어.”

솔직히 말하면 아리스가 내게 진심을 발휘하게 만들어 생긴 해프닝이긴 했다. 생명의 위협을 느꼈달까.

그렇지만 나한테도 책임이 있다고 생각한다.

“그러니 사과할게. 앞으로는 더 주의해야겠어.”

“사, 사과하지 않아도 돼. 내가 부탁해서 수행에 어울려 주고 있는 거니까. 가슴이든, 어디든 마음대로 만져도 상관없다.”

“마음대로 만지면 안 되지!”

이건 아리스에게 접근하는 남자들을 퇴치하기 위한 수행이었다.

여기서 아리스의 몸을 마음대로 만지면 나는 그놈들보다 나쁜 족속이 되어버린다.

"그, 그리고……."

"또 뭐가 남았어?"

"이, 이상한 목소리를 내서 미안하다. 야, 야한 짓을 당하면 야릇한 소리를 내는 버릇이 있어서……."

"누, 누가 야한 짓을 했다고 그래! 내가 말하는 것도 뭣하지만, 단순한 사고였어!"

"생각해 보니 그렇네요. 마사키 씨가 사고로 야한 짓을 저지르는 경우는 잘 없었어요."

"네? 누님, 그게 무슨 뜻인가요?"

"…………."

어이. 아리스는 나와 후우카가 어떤 관계인지 모른다고.

누가 들으면 내가 사고가 아닌 고의로 야한 짓을 벌이는 줄 알겠다.

뭐, 사실 고의로 하는 게 맞지만……. 참고로 후우카가 덤에서 졸업한 뒤로는 빈도수가 줄어든 상태였다.

"신경 쓰지 마, 아리스. 그보다……."

나는 억지로 화제를 바꿨다.

"빈틈이 보이면 언제든지 노려도 좋지만, 나도 반사적으로 반격을 하니까 너무 막 들어오지는 마."

"아니! 상대는 막 나가는 양아치들이다! 나는 놈들의 주먹에 대항하는 방법을 배우고 싶어!"

"너, 옛날 만화를 너무 많이 본 거 아냐?"

발상이 폭력적이라고나 할까. 게다가 구닥다리였다.

요즘은 주먹질로 양아치나 불량배를 하는 시대가 아니었다.

참고로 나는 학원 폭력물 장르의 만화를 많이 읽은 편이다.

우리 집은 라면 가게를 운영하다 보니 손님들이 종종 책을 놔두고 갔는데, 보관 중인 책들 중에 옛날 만화가 많았다.

"잘 들어, 아리스."

"어, 어어?"

"싸움 실력을 갈고닦는 건 좋지만 여자로서의 몸가짐을 잊으면 안 돼. 낡아빠진 사고방식일지도 모르지만 나는 여자를 함부로 대하고 싶지 않아. 그러니 아리스도 노력해 줬으면 해."

"하, 하지만 더 거칠게 해줘도 난 괜찮은데……."

"안 된다면 안 돼."

"…………!"

앉아있던 아리스가 등을 꼿꼿하게 폈다.

"오오, 바로 이거야……. 대단한 박력이었어, 마사키 형님. 나도 언젠가 그 영역에 도달할 수 있을까?"

"…………."

아리스는 이상한 대목에서 감탄하고 있었다.

내 얼굴이 무섭다는 건 나도 안다. 하지만 위압감이 강하다는 말은 생소했다.

"뭐, 됐어. 훈련이나 마저 하자. 이번에는 빈틈을 노리지 말고 정면에서 공격해 봐."

“알겠습니다, 형님.”

“………….”

아리스는 자리에서 일어나더니 군인처럼 경례를 했다.

호신술을 가르치는 게 아니라 맹견을 교육시키는 기분이다…….

나는 후우카를 흘끔 쳐다보았다.

후우카는 훈련을 구경하면서 태평하게 싱글벙글 웃고 있을 뿐이었다.

후우카는 본인의 덤으로 따라온 아리스와 내가 함께 훈련하는 이 상황을 어떻게 생각할까.

덤에서 졸업한다는 선언도 그렇고, 점점 더 후우카의 속내를 짐작하기가 어려웠다.

나한테는 맹견을 교육시키는 것보다 그쪽이 훨씬 중요한 일이었다.

“죄, 죄송해요, 누님. 설마 집에서 묵게 해주실 줄이야…….”

“괜찮아요. 어차피 우리 집은 사람이 많이 들락거리거든요. 민폐라고 할 것도 없어요.”

아리스와의 훈련은 생각보다 본격적으로 진행돼서 밤 늦게까지 이어졌다.

후우카의 권유로 아리스는 우리와 함께 저녁 식사를 하게 되었고, 쌍둥이 메이드가 만든 요리를 맛있게 먹어치웠다.

하긴, 그렇게나 열심히 움직였으니 배가 고플 만도 하지.

아리스는 먹성이 무척 좋았다. 메이드들도 평소처럼 무표정하긴 했지만 내심 기쁜 눈치였다.

지금은 식사를 마치고 거실에서 식후의 티타임을 갖는 중이었다.

다만, 유즈키는 전화가 걸려 와서 방으로 돌아간 상태다.

거실에 있는 사람은 나와 후우카, 아리스, 쌍둥이 메이드들까지 다섯 명.

아리스와 대화를 하는 과정에서 늦었으니 이곳에 묵고 가라는 쪽으로 이야기가 정리되었다.

"저녁 식사, 정말 맛있었어. 메이드 누님들!"

"아뇨, 별거 아닙니다."

"맛있게 드셨다니 다행입니다."

우리가 앉은 소파 옆에 서 있던 쌍둥이가 완벽히 똑같은 타이밍에 고개를 숙였다.

당연한 말이지만 아리스는 아사와 유우를 구별하지 못하는 모양이었다.

메이드는 물론이고 유즈키와 후우카를 구분하는 것조차 쉽지 않은 듯했다. 이 세계에서 쌍둥이 메이드를 구별해 낼 수 있는 건 나뿐일지도 몰랐다.

"아리스 님, 필요하신 게 있다면 뭐든지 저희에게 말씀하세요."

"아리스 님, 저희는 유즈키 아가씨와 후우카 아가씨, 그리고 마사키 님의 메이드지만 손님을 대접하는 것도 저희들의 업무입니다."

이 쌍둥이 메이드는 이제 나를 완전히 주인으로 인식하고 있구나.

하긴, 나도 필요한 게 있을 때마다 두 사람에게 명령을 내리고 있다.

거만하게 무슨 명령이냐 싶을 수도 있지만 쌍둥이 메이드가 명령받길 원하고 있었다.

"아, 아리스라……."

"아, 죄송합니다. 유우키 님……이라고 부르는 편이 나았을까요?"

"메이드가 돼서는 미리 살피지 못하고 무례를 저질렀군요."

쌍둥이 메이드가 또다시 똑같은 타이밍에 고개를 숙였다.

"아, 아니야. ……괜찮아. 누님도, 유즈키 씨도, 형님도 나를 이름으로 부르고 있으니까."

아리스가 난처한 얼굴로 말했다.

"……아리스. 내가 처음 이름으로 불렀을 때도 묘한 반응을 보이던데, 불편하면 성으로 부를까?"

"부, 불편하지 않아. 그렇다고 편한 건 아니지만……. 사실 이유는 단순해."

아리스는 얼굴을 붉히더니 참시 침묵을 지키다가 이야기했다.

"나, 나는 어릴 적부터 말투나 성격이 남자애 같았거든. 어렸을 땐 머리카락도 짧아서 정말로 남자애 같았어. 그런데 이름만 여성스럽게 '아리스'인 게 마음에 안 들어서……."

"아……."

확실히 아리스의 말투는 남자 같았다.

하지만 머리가 짧았던 예전이면 몰라도 지금은 절대로 남자로 보이지 않았다.

이런 미소녀를 남자로 착각하는 건 불가능했다.

"저는 아리스라는 이름이 어울린다고 생각해요."

"누, 누님이 그렇게 말씀해 주신다면야! 감사합니다!"

아리스는 소파에서 일어나 방금 전 메이드들에게 했던 것보다 더 깊이 머리를 숙였다.

뭐랄까, 야쿠자 선배와 후배 같은 구도가 되어버렸다.

"됐으니까 진정하고 소파에 앉아, 아리스."

"그, 그렇군. 항상 침착함을 유지하는 것이 강함의 비결인가."

"내가 언제 그런 소리를…… 뭐, 틀린 말은 아닐지도."

돌이켜 보면 아리스는 양아치들을 상대할 때 도발적인 태도를 취했다.

조금만 더 냉정했다면 보다 능숙하게 그 멍청이들을 다룰 수 있었을 것이다.

"그런데요, 아리스."

"네?"

도로 소파에 앉은 아리스에게 후우카가 말을 걸었다.

"잠은 제 방에서 주무실 건가요? 침대를 사용해도 좋아요."

"누, 누님의 침대! 내, 냄새를 맡아도 괜찮을까요?!"

"네, 얼마든지 맡으세요."

"질문이랑 대답이 이상하잖아!"

여고생한테는 이런 게 당연한 건가? 소위 백합이라고 부르는?

“미, 미안. 확실히 이상한 소리를 했군. 맞아. 아무리 그래도 누님의 침대를 빼앗을 수는 없어. 그것만큼은 사양하지.”

“그런가요……. 그럼 제 방에 이불을 깔도록 할게요. 부탁해도 될까요?”

후우카가 쌍둥이 메이드에게 물었다.

쌍둥이 메이드는 나란히 고개를 끄덕였다.

이 우수한 메이드들이라면 손님용 이불을 준비하는 것쯤 간단할 터였다.

워낙 넓고 방도 큼지막한 집이니 이불을 깔 공간 정도는 충분했다.

다만, 아리스는 후우카를 부담스러워하는 경향이 있었다.

“이불이 있다면 적당히 다른 방에서 자도 괜찮지 않겠어? 옆집에 빈 방이 하나 있거든. 거기나 내 방을 사용하도록 해. 아무리 그래도 여자애를 거실에서 재울 수는 없으니까.”

“나는 단련이 돼서 괜찮아. 이불 한 장만 있으면 마루에서든, 대리석에서든 얼마든지 잘 수 있다.”

“대리석에서 자는 건 고문 아닌가.”

그건 나한테도 좀 버거웠다.

기온도 내려가서 차가울 테고…….

“사실, 누님 방에서 자는 건 조금 부담스러워서.”

“부담 가질 필요 없습니다. 월세만 부담하세요…….”

“무슨 소리야, 그게.”

후우카치고는 유치한 농담이다.

예전 학교에서 친하게 지내던 상대라 그런지 태도도 조금 다르구나.

“거실에서 자게 해주면 안 될까. 소파만 빌려주면 다른 건 아무것도 필요 없어. 누님과 같은 지붕 아래서 자보고 싶기도 하고.”

“아파트니까 옆집도 같은 지붕 아래인 건 똑같지만……. 아니다, 이런 걸로 고민해 봤자 시간 낭비지. 후우카만 괜찮다면 거실에서 재우는 것도 괜찮지 않을까?”

“저는 괜찮아요.”

후우카가 고개를 끄덕이면서 그렇게 하기로 결론이 났다.

처음에는 거실에서 재운다는 사실이 꺼림칙했지만, 다시 생각해 보니 그냥 거실이 아니었다. 고급 아파트의 거실이다.

이곳의 소파는 내가 살던 집의 이불보다 쾌적했다.

“오오, 소파에서 자도 되는 건가……. 자고 일어나면 피로가 싹 풀리겠어.”

아리스는 진심으로 기대된다는 표정이었다. 눈빛이 초롱초롱했다.

괜히 나까지 소파에서 자고 싶어졌다.

“사실 며칠 전까지는 동거인이 있었거든요. 역시 사람이 많은 게 시끌벅적해서 좋네요.”

후우카도 기쁜지 빙그레 웃고 있었다.

참고로 동거인이란 타카야 리나와 나라카 자매를 뜻했다.

타카야 자매는 마침내 어머니와 화해를 하고 집으로 돌아가게 되었다.

뭐, 바로 다음 날 여기로 놀러 오기는 했지만.

앞으로도 심심하면 놀러 올 게 분명했다.

타카야 자매는 유즈키뿐만 아니라 후우카와 쌍둥이 메이드와도 친해졌기 때문이다.

물론, 나도 대환영이다.

저번에 두 사람이 놀러 왔을 때만 해도 리나한테는 입으로 봉사를 받고, 나라카한테는 H컵 가슴으로 파이즈리를 받았으니까.

"그러면 잠자리는 이걸로 정해졌고. 한 가지 더."

"응? 형님, 뭐가 더 남았어?"

"아리스. 부모님한테 외박을 한다고 제대로 말씀드린 거겠지?"

"아, 물론이야. 방금 연락했어. 우리 집은 어머니만 계신 데다가, 그 어머니도 이자카야를 운영하고 계시거든. 돌아오는 건 새벽 2시나 3시라서 서로 얼굴을 못 보는 경우도 많아."

"아리스네 집도 음식점을 하고 있는구나. 우리 집은 라면 가게야."

"오오, 동료 의식이 샘솟는걸. 나중에 형님네 가게에도 들러보고 싶네. 사실 우리 가게도 야식으로 라면을 내놓을 수 없을까 연구 중이거든."

"으음……. 이자카야에서 라면을 내놓으면 우리 가게의 매출이……."

"장사에는 자비가 없구나, 형님!"

"농담이야. 레시피에는 비밀이 없다는 게 우리 아버지의 말버릇이거든. 소스에 뭐가 들어갔는지 물어보면 바로 알려줄 사람이야."

매출을 올릴 생각이 있기는 한 건지 모르겠다. 우리 아버지도, 어머니도.

진룡은 내가 태어나기도 전에 오픈한 가게인데, 이런 마인드로 운영하면서 망하지 않은 게 용했다.

“나도 이자카야의 메뉴에 관심은 있어. 하지만 술이 메인인 가게라 찾아가기가 좀 그렇네.”

“아, 우리는 식사만 하는 손님도 환영이야. 우리 어머니가 요리를 잘하시거든. 바삭바삭한 전갱이 튀김이랑 달짝지근한 힘줄 찜을 추천하지.”

“굉장히 흥미로운 메뉴인걸……. 듣기만 했는데도 맛있을 거 같아.”

음식점의 아들내미로 17년간 살아온 나다.

맛있는 요리에 대한 이야기를 들으면 흘려 넘기기가 힘들었다.

“……저희가 매일 맛있는 요리를 만들어 드리고 있습니다만.”

“다른 가게에서 바람을 피우시는 건가요. 버려진 거군요, 저와 아사는.”

“자, 잠깐만! 오해할 만한 발언은 삼가줘!”

어느새 옆에 서있는 아사와 유우가 싸늘한 눈으로 나를 쳐다보고 있었다.

뭐, 이 쌍둥이 메이드의 눈빛은 평소에도 싸늘한 편이지만.

“마사키랑 아리스, 생각보다 마음이 잘 맞는데?”

“우왓! 유즈키까지!”

어느새 유즈키가 평상복으로 갈아입고 나타나 소파에 팔꿈치를 걸치고 앉았다.

"통화는 끝났나 보네."

"맞아. 나, 예전에 모델 했었잖아. 그때 사귀었던 친구한테 갑자기 전화가 왔거든. 오랜만이라 대화가 길어져 버렸어."

유즈키가 예전에 반년 정도 모델 일을 했었다는 것은 나도 들어서 알고 있었다.

어째서 반년 만에 그만뒀는지는 모르지만.

"그보다 마사키, 여자 다루는 법이 능숙해진 거 아냐?"

"전혀. 그랬으면 아리스한테도 훨씬 잘 가르쳐 줬겠지."

"뭐야, 별로였어? 내가 볼 땐 마사키도 여자 몸을 다루는 실력이 많이 늘었던데."

"제발 표현 좀!"

"여자 몸을……. 나랑 대련할 때도 적극적으로 들이댔으면 좋았을 텐데."

"아리스도 아무 말이나 믿지 마!"

여자 몸을 다루는 실력이 늘었다니……. 당사자가 그렇다면 할 말은 없지만, 우회적인 표현치고는 너무 노골적이었다.

"어쨌든, 아리스랑은 같이 땀을 흘린 사이니까. 딱히 능숙해졌다거나 한 건 아니지만…… 조금은 친해졌다고 봐야 하나?"

"물론이야."

아리스가 고개를 끄덕였다.

"솔직히 말하면 나도 형님이 살짝 무서웠다. 제자로 들어가기 위해서 용기를 쥐어짜내야 했어."

"이해해."

이제 와서 이런 말로 상처를 입지는 않았다.

나를 본 여자들의 정상적인 반응이었다.

"그랬구나. 뭐, 후우카의 친구와 사이좋게 지내는 건 좋은 일이지. 아리스, 자기 집이라 생각하고 편하게 지내. 아니, 편하게 지내는 게 좋을 거야."

"협박?!"

아리스가 식겁한 표정을 했다.

유즈키는 우리 학교의 정점으로 군림하고 있어서 저런 표현에 익숙했다.

"그러면 난 용건이 있어서 잠깐 나갔다 올게."

"어? 이 시간에 외출을 하려고?"

심야라고 할 만큼 늦지는 않았지만 여자애 혼자 밖을 걸어다니게 놔둘 수는 없었다.

"잠깐 기다려. 나도 같이 갈게. 편의점을 가더라도 혼자는 위험해."

"마사키, 사실은 나도 호신술을 배운 적이 있어. 일단은 부잣집 아가씨니까. 자기 몸을 지킬 정도는 돼."

유즈키는 자세를 잡더니 휙, 휙 하고 가볍게 잽을 날렸다.

그리고 이번에는 오른 다리를 휘둘러 하이킥을 구사했다. 유즈키의 발이 내 머리 옆에서 정확하게 멈췄다.

"……훌륭하네."

"그치? 참고로 후우카도 나랑 호각이야."

"하긴. 그렇겠네."

유즈키와 후우카는 성적부터 신체 능력까지 전부 동일했다.

그러니 호신술 실력도 같을 수밖에 없었다.

"유즈 언니랑 스파링을 하면 승부가 안 나더라고요. 아무리 공격해도 맞지를 않아요."

"영원히 결판이 나질 않더라니까. 진짜로."

"과연……."

후우카가 운동복 차림으로 펀치와 킥을 주고받고, 때로는 유도 기술과 관절기로 응수하는 장면이 머릿속에 떠올랐다.

실력히 완전히 똑같은 유즈키와 후우카라면 당연히 무승부만 날 것이다.

그래도 나는 가급적이면 두 사람이 싸우지 않길 바란다.

"……잠깐. 호신술을 배웠어도 밤에 나가는 건 위험하잖아."

위험했다. 설득당할 뻔했다.

"걱정이 많구나, 마사키는. 하지만 정말로 괜찮아. 그렇지? 아사, 유우."

""네. 걱정하실 필요 없습니다.""

두 메이드가 입을 모아 말했다.

이러니저러니 해도 아사와 유우는 츠바사 자매가 세상에서 제일 소중할 것이다.

이 두 사람이 보장했으니 내가 걱정할 필요는 없겠지…….

"사실은 로비에만 가고 밖에는 안 나갈 거야. 다녀올게."

"어, 어어. 그 정도라면야……."

유즈키는 손을 흔들며 거실을 나갔다.

아직도 조금 걱정이 되긴 했지만 로비에 나가는 정도라면 큰 문제는 없을 것이다.

그건 그렇고 로비에는 무슨 용건이지? 이 아파트에 지인이라도 사는 걸까?

물론 없는 게 이상하긴 했다. 유즈키의 사교력은 타의 추종을 불허하니까.

"유즈 언니는 이번 건에서 한발 물러나 있으려고 하는 것 같네요. 평소에는 무슨 일이든 들이대고 보는 사람인데 말이죠."

"응? 그러고 보니 그렇네."

유즈키는 상대가 누구든 스스럼없이 대하는 성격이다.

따라서 오늘 묵고 가기로 한 아리스에게 좀 더 관심을 가질 법도 했다.

"호, 혹시 내가 유즈키 씨의 마음에 들지 않았던 걸까?"

"아뇨, 그건 아니라고 봐요. 제가 아리스를 좋아하니까요."

"조, 좋아한다니…… 어라? 하지만 누님이 좋아한다고 해서 유즈키 씨가 절 좋아한다는 보장은 없잖아요."

"아하하. 그건 그렇네요."

후우카는 빙그레 웃으며 고개를 끄덕였다.

유즈키와 후우카는 듀얼 트윈즈다. 즉, 감정을 공유하고 있다.

후우카가 좋아하는 상대는 유즈키도 좋아하게 되는 것이다. 그 반대도 성립했다.

츠바사 자매는 본인들의 이러한 특성을 남들에게 별로 밝히고 싶지 않은 모양이었다.

"그러면 이야기는 이쯤 할까요. 마사키 씨, 욕실은 먼저 쓰세요."

"내가 먼저 써도 괜찮겠어?"

"오늘은 운동을 해서 피곤하잖아요. 따뜻한 물에 몸을 담그고 푹 쉬도록 하세요."

"목욕물도 슬슬 다 받아졌을 겁니다."

"입욕 준비도 완료되어 있습니다."

"……역시 대단하네."

옆에서 두 명의 메이드가 덧붙였다.

하긴, 오랜만에 운동을 해서 피곤한 것도 사실이었다. 후우카의 말대로 먼저 목욕을 하기로 했다.

"후우…… 오랜만에 푹 담갔네."

목욕을 마치고 나온 나는 방으로 돌아가 침대에 드러누웠다.

오늘 밤에는 아리스도 있어서인지 후우카나 쌍둥이 메이드가 욕실로 들어오진 않았다.

아쉬운 마음도 조금은 있지만, 피로를 푼다는 의미에서는 나쁘지 않았다.

유즈키, 후우카와 야한 짓도 하고 싶고, 메이드를 상대로 '연습'도 하고 싶지만 반드시 매일 해야 된다는 생각은 없었다.

그렇게 예쁜 쌍둥이들과 야한 짓을 할 수 있다는 사실만으로도 과분하리만치 행복하니까.

가끔은 이렇게 평온한 일상을 보내는 것도 괜찮았다.

"……잠깐만. 싸움을 가르치고 있으니 오히려 평온이랑은 거리가 먼 셈인가."

아리스의 안전을 위해 가르쳐 주고는 있지만, 도리어 괜한 트러블의 씨앗이 될 수도 있었다.

조금 더 신중하게 대답할 걸 그랬다.

하지만 아리스의 성격상 위험에 자주 노출되는 것도 사실이다.

어려운 문제로군……. 요즘 들어서 매번 어려운 문제에 봉착하는 기분이 든다.

"어차피 아리스의 미모 때문에라도 계속 남자들이 꼬일 테지. 어쩔 수 없나."

"아, 역시 마사키 씨도 아리스를 예쁘다고 생각하는군요."

"미소녀라기보다는 미인이라는 느낌이긴 하지만, 예쁘긴 예뻐…… 으악!"

"안녕하세요, 마사키 씨."

어느샌가 후우카가 침대에 앉아있었다.

도대체 어느 틈에 들어온 건지…….

딱히 후우카와 유즈키, 쌍둥이 메이드가 내 방을 자유롭게 드나드는 것을 가지고 뭐라고 할 생각은 없었다.

그래도 소리 없이 들어오는 건 참아줬으면 했다.

"뭐야. 무슨 일인데, 후우카?"

"제 가슴을 봐주세요."

"뭐?!"

후우카는 본인의 풍만한 G컵 가슴을 두 손으로 떠받쳐 추켜올렸다.

출렁출렁. 두 개의 부드러운 덩어리가 흔들거렸다.

"가, 갑자기 왜 그러는 거야?"

"보다시피 저는 가슴이 크거든요. ……그 탓에 어깨가 자주 결려요."

"그, 그렇구나. 하긴…… 모래 주머니를 달고 다니는 셈이니까."

만화에서 봤던 멘트지만 사실과 다르지는 않을 것이다.

후우카의 사이즈면 1킬로 혹은 2킬로 정도인가……. 이런 걸 달고 다니니 어깨가 결리는 것도 당연했다.

"그래서 C컵이 됐을 무렵부터 유즈 언니랑 서로 어깨를 주물러 주고는 했어요."

"헤에……."

사이좋은 자매가 번갈아 가면서 서로의 어깨를 주물러 주는 장면을 상상했더니 마음이 훈훈해졌다.

"응? 그런데 왜 지금 그 얘기를 하는 거야?"

"저는 어깨를 잘 주무른다는 말을 하고 싶었어요. 이렇게 보여도 3년 이상의 경력을 보유하고 있죠."

후우카는 손으로 무언가를 주무르는 시늉을 했다.

3년 전이면…… 14살 때부터 어깨가 결릴 만큼 가슴이 컸다는 건가.

귀여운 거유 중학생이라니. 이 쌍둥이는 정말로 규격외다.

"이런, 결국 하려는 말이 뭔데?"

"아, 질질 끌어서 죄송해요. 다시 말해, 지금 저는 마사지사 자격으로 왔다는 뜻이에요. 마사키 씨, 오늘 훈련을 하느라 피곤하셨을 테니 어깨를 주물러 드릴게요."

"그래서 그런 차림이었구나……."

후우카는 머리카락을 아리스처럼 포니테일로 묶고 있었다. 그리고 위쪽에는 검은색 스포츠 브라를, 아래쪽에는 마찬가지로 검은색 핫팬츠를 입고 있었다.

목욕을 마치고 적당히 속옷 바람으로 찾아온 줄 알았건만.

가슴골과 허벅지가 고스란히 노출되어 상당히 야했지만, 이제 이 정도 모습은 대수롭지 않게 보여주는 사이가 되어버린 우리였다.

"어쨌든 괜찮아. 그렇게까지 피곤하진 않거든. 마사지가 필요한 건 오히려 아리스일 거야."

"아리스는 평소에도 단련을 하고 있어서 스스로 관리할 수 있다나 봐요."

"확실히 단련된 것 같기는 하더라."

나는 실전에서 배우는 타입이라 근력 운동이나 몸 관리에 대해서는 잘 몰랐다.

"저한테 몸을 맡기세요, 마사키 씨. 정성껏 주물러 드릴게요."

"그, 글쎄."

몸을 풀어두는 게 좋을 것 같다는 생각은 들기는 하지만…….

"실례하겠습니다, 마사키 님."

"우왓! 아사, 왜 너까지……."

쌍둥이 메이드는 머리 모양부터 얼굴, 신장, 가슴 사이즈까지 동일했다.

하지만 나는 아사와 유우를 구분하는 게 가능했다.

그리고 지금, 열려있는 방문 옆에 아사가 서있었다.

이쪽은 평소와 같은 메이드복 차림이었다.

"네, 아사입니다. 후우카 아가씨의 부름을 받아서 왔습니다. 마사지 조수로요."

"조수……. 그런데 어째서 아사만 온 거야?"

마사지 조수가 필요하다는 건 알겠지만, 그렇다면 쌍둥이 메이드를 전부 동원하는 게 낫지 않나?

"저하고 아사 둘이서 콤비를 결성했어요. 이름하여 '열세 콤비' 예요."

"너무 노골적이잖아!"

내 양심을 쿡쿡 찌르지 말아줘!

학교 축제 연극이 있던 날, 나는 유즈키를 주연으로 선택했다.

쌍둥이 메이드의 경우에는 유우에게 조금 더 마음이 기울어 버렸다.

확실히…… 확실히 후우카와 아사가 열세에 놓인 상황이라고 볼 수 있었다.

"잠깐. 후우카라면 몰라도 아사를 열세에 놓였다고 할 수 있을까? 우리가 사귀는 사이도 아니고……."

평소에 그렇게 야한 짓을 시킨 주제에 사귀는 사이가 아니라는 말을 하려니 양심의 가책이 느껴졌다.

"저도 메이드로서 주인님께 공평하게 대우받고 싶습니다. 하지만 유우가 더 많은 귀여움을 받고 있죠. 언니인 제가 지고 있을 수는 없습니다."

"이, 이기고 지는 문제가 아니잖아……."

아사도 후우카처럼 침대로 다가와 무릎을 꿇고 앉았다.

윽……. 슬슬 함께 사는 것에도 익숙해졌다고 생각했건만, 이렇게 가까이 앉아있으니 아직도 심장이 두근거렸다.

"후우카와 아사라. 보기 드문 조합이네……."

"그렇네요. 열세 콤비는 앞으로 빈틈이 생길 때마다 기습할 예정이에요."

"기습한다고?!"

"현재 마사키 님은 제자를 두신 몸. 불특정 다수에 의한 갑작스러운 기습에도 현명하게 대처하셔야 합니다."

"내가 아리스에게 가르치는 건 이런 상황에 대처하는 방법이 아니라고……!"

"기습에 대응할 수 있도록 경험을 쌓으셔야 합니다. 마사키 님."

"이, 이봐……!"

두 소녀는 나를 침대에 밀어 넘어트리더니, 한 바퀴 회전시켜 엎드리게 만들었다.

심지어 후우카는 내 허리 위에 걸터앉았고, 아사는 어깨를 붙잡아 억눌렀다.

"……차라리 후우카와 아사가 아리스를 훈련시키는 게 낫지 않았을까?"

"무슨 말씀을. 저희도 남성분의 완력을 당해낼 수는 없어요.

자, 시작할게요."

"우오옷……."

두 사람이 등을 꾹꾹 누르자 근육이 이완되어 갔다.

"오, 오오오…… 이, 이건……!"

"어떤가요? 나쁘지 않죠? 후후, 마사키 씨. 이상한 소리를 내시네요."

"마사키 님의 신음 소리를 들으니 등골이 오싹하군요……."

내 허리에 걸터앉은 후우카의 무게는 거의 느껴지지 않았고, 뭉쳐있던 등이 풀려가는 쾌감은 참을 수 없이 좋았다.

마치 몸이 녹아내리는 것만 같았다.

"후후, 항상 당하기만 하다가 이렇게 괴롭히는 입장이 되니 즐겁네요."

"잠깐, 후우카. 힘이 너무 들어간…… 아야!"

"아, 죄송해요. 너무 강했나요? 좀 더 부드럽게 해드릴게요."

"살살하는 게 아니라 부드럽게라니…… 우웃!"

그때 후우카가 몸을 숙여 내 등에 G컵 가슴을 밀착시켰다.

탄력을 잔뜩 머금은 가슴의 감촉이 고통을 완화시켜 주었다.

"후우. 하마터면 큰일 날 뻔했어요. 아, 이번에는 잠깐 침대에 앉아보세요."

"그래. 이렇게?"

내가 침대에 양반다리로 앉자 후우카가 뒤쪽에 앉아 어깨를 주무르기 시작했다.

게다가 가슴도 다시 밀착시켰다.

우와. 스포츠 브라 너머로 느껴지는 이 부드러운 감촉. 견딜 수가 없다……!

"살살 주물러 드릴게요. 이 정도 힘이면 어떠세요?"

"어, 어어. 딱 좋은걸……."

"그리고 뒤쪽은 돌아보시면 안 돼요."

"뒤쪽?"

나는 그 말에 반사적으로 뒤를 돌아보았다. 그러자 후우카의 스포츠 브라 한쪽이 말려 올라가 가슴이 훤히 드러나 있었다.

후우카의 귀여운 분홍색 젖꼭지가 또렷이 보였다.

"꺄악! 돌아보지 말라고 말씀드렸는데. 갑자기 그렇게 쳐다보면 부끄럽잖아요."

"미, 미안."

나한테 가슴을 밀착시키는 바람에 스포츠 브라가 말려 올라갔던 모양이다.

후우카의 가슴은 셀 수 없을 정도로 많이 봤지만 이런 식으로 갑작스럽게 목격하니 한층 더 야하게 느껴졌다.

"아, 후우카 아가씨……. 정말 괜찮으시겠어요?"

"괘, 괜찮아요. 부탁해요, 아사 씨."

"응?"

아사가 침대 밑에 무릎을 꿇고 앉더니, 내 고간에 얼굴을 들이댔다.

나의 물건은 후우카의 가슴 때문에 잔뜩 흥분해 있었다.

아사는 익숙한 손놀림으로 내 페니스를 꺼내더니 덥석 입에 물었다.

"으엇……!"

"제가 이곳을…… 마사지해 드릴게요. 음, 쪽, 하읍……."

아사는 페니스를 물고, 빨고, 키스를 하다가 다시 입에 물었다.

뒤쪽에는 후우카의 가슴. 앞쪽에는 내 물건을 빨고 있는 아사의 입.

이 동시 공격은 자극이 너무 강했다.

"하읍, 쪽, 으음……. 아, 아사의 가슴도 사용해 주세요……."

"그, 그렇게까지……."

아사가 한 손으로 자신의 메이드복을 젖히자 가슴이 출렁거리며 모습을 드러냈다.

어째서인지 아사는 노브라인 상태였다. 덕분에 커다란 F컵 가슴이 젖꼭지까지 훤히 보였다.

"아앙. 아사가 더 열심이네요. 입으로도 모자라 가슴까지……."

"죄송합니다, 아가씨. 하지만 저는 메이드예요. 성실하게 봉사에 임해야 하죠……."

아사는 페니스를 세차게 빨아대기 시작했다.

후우카도 질 수 없다는 듯이 가슴을 등에 들이대고 문질렀다.

이쯤 되면 마사지라고 부를 수도 없었지만 어떤 마사지보다도 기분 좋았다.

"마사키 씨, 제 가슴과 아사 씨의 입을…… 마음껏 즐겨 주세요."

"마사키 님, 제 입과 아가씨의 가슴으로…… 언제든지 가셔도 좋습니다."

후우카와 아사는 가슴과 입으로 가차 없이 공세를 가했다.
“마, 마사키 씨, 이것도…….”
심지어 후우카는 어깨 너머로 몸을 내밀더니 스포츠 브라를 젖혀 내 입에다 가슴을 들이댔다.
나는 망설임 없이 젖꼭지를 입에 물고 쪽쪽 빨기 시작했다.
“꺄악, 아앙……♡ 여, 역시 저는 당하는 쪽이 좋은가 봐요…… 아앙, 앗, 앙, 아앗♡”
내가 젖꼭지를 세게 빨자 후우카는 몸을 활처럼 젖히고 달콤한 비명을 내질렀다.
나도 그 목소리와 젖꼭지의 달콤한 맛에 흥분해 페니스가 더욱 단단해졌다.
“하읍, 입에 다 들어가지 않는군요. 죄송합니다, 제 봉사가 미흡해서…… 쪽.”
한계까지 비대해진 페니스를 잠시 입에서 꺼낸 아사는 쪽, 하고 페니스의 끝부분에 키스를 했다.
나는 후우카의 밑가슴을 붙잡고 출렁출렁 장난치다가 젖꼭지를 가볍게 빨았다.
그러는 와중에도 아사는 페니스에 키스를 하고, 목구멍까지 삼키길 반복했다.
이렇게 기분이 좋으면 참을 수가 없었다.
“후, 후우카, 아사……!”
“앗, 네. 저도 그쪽으로 갈게요…….”
“싸주세요. 메이드의 얼굴에…….”

"윽……!"
눈 깜짝할 사이에 한계에 도달해 버린 나는 안에 쌓여있는 것을 단숨에 토해냈다.
후우카는 아사의 옆자리에 앉아 가슴을 페니스 앞에 들이대고 있었다.
스포츠 브라와, 한쪽만 드러난 가슴, 그리고 아사의 얼굴에 새하얀 액체가 잔뜩 쏟아졌다.
너무 흥분한 나머지 흰 액체는 멈출 줄 모르고 계속 뿜어져 나왔다.
"꺄악, 이렇게나 많이……. 어, 엄청나네요……."
"마사키 님, 메이드가 깨끗이 청소해 드릴 테니 그대로 있으세요……."
후우카는 본인의 G컵 가슴을 더럽힌 흰 액체를 낼름 핥았고, 아사는 페니스의 끝부분에서 아직 흘러나오고 있는 액체를 혀로 핥아 먹었다.
"어, 엄청 좋았어……. 후우카, 아사. 덕분에 몸이 개운해졌어."
"다행이네요. 저도 여기에 뽀뽀해 드릴게요♡"
"아, 아가씨. 아직 다 청소가 끝나지 않았습니다. 이건 제 업무예요♡"
후우카가 페니스 끝부분에 쪽, 하고 키스하자 아사는 경쟁하듯 페니스를 뿌리부터 핥아 올렸다.
정말 못 참겠다. 흑발의 청초한 미소녀와 은발의 메이드가 이런 짓까지 해주다니.

"후우…… 최고였어."

나는 후우카의 머리를 쓰다듬은 다음 아사의 뺨도 어루만져 주었다.

"고맙습니다. 이런 마사지로도 기뻐해 주시다니 다행이네요."

"메이드에겐 과분한 칭찬입니다, 마사키 님……. 그래도 감사드립니다."

후우카는 빙그레 웃었고, 기분 탓인지 아사도 입매가 올라간 것처럼 보였다.

중간부터는 마사지라고 표현하기 힘들었지만 어쨌든 피로는 확 날아갔다.

이제 전신에 남아있는 것은 상쾌한 쾌감뿐이었다.

"그런데요, 마사키 씨."

"응?"

후우카가 손에 움켜쥔 내 페니스를 혀로 할짝 핥으며 말했다.

"방금 전에 아리스가 스스로 관리할 수 있다고 말씀드렸잖아요."

"어, 그랬지."

"저 대신 아리스의 상태를 확인해 주실 수 있을까요?"

"우왓, 그렇게 막 핥아대면……. 하, 하지만 내가 가도 괜찮을까?"

"네. 아무래도 아리스는 제 앞에 서면 긴장해 버리는 것 같아서요."

"……그럴지도."

아리스에게 있어 후우카는 존경하는 누님이다.

게다가 낮의 훈련도 중간부터 꽤나 거칠어졌었다. 한번 가서 상태를 봐두기로 하자.

하지만 우선은 페니스를 핥아대는 이 두 사람과 연장전을 치러야 될 것 같았다.

3. 쌍둥이 여동생은 동급생을 도와주고 싶은 모양입니다

결국 나는 후우카와 아사의 혀 놀림을 이겨내지 못하고 1시간 가까이 두 사람과 뒹굴고 말았다.

횟수로 치면 세 번이다. 피곤하다면서 세 번이나 하다니.

두 사람쯤 되는 미소녀가 동시에 들이대니 한두 번으로 끝낼 수가 없었다.

대충 샤워를 마친 나는 아사가 어느새 준비해 놓은 평상복으로 갈아입었다.

"아리스는 거실에서 잔다고 했었지?"

"저기, 잠깐 괜찮을까?"

"응?"

방을 나가려는데 방문에서 노크 소리가 들렸다.

대답을 하고 방문을 열자 아리스가 문밖에 서있었다.

"아, 안녕. 잠깐 안에 들어가도 될까?"

"그래. 물론이야."

아리스는 검은색 탱크톱과 데님 핫팬츠를 입고 있었다. 머리는 포니테일 그대로였다.

탱크톱은 목둘레가 깊게 파여있어서 깊은 가슴골이 고스란히 드러났다.

핫팬츠에서 뻗어 나온 허벅지도 굉장히 탄탄하고 부드러웠다.

"응? 무, 무슨 문제라도 있나?"

"아, 아니. 아무것도 아냐."

후우카와 아사와의 음행 이후 아직 흥분이 가라앉지 않았는지 이상한 곳을 응시해 버리고 말았다.

"아리스의 사복…… 아니, 평상복은 이런 느낌이구나."

"그러고 보니 형님과 재회했을 때는 연습복으로 갈아입은 상태였구나. 물론 아파트까지 이런 얇은 차림으로 온 건 아냐. 위에는 점퍼를 입고 있었어."

"그렇구만."

혹시 그 점퍼에는 용이나 호랑이가 그려져 있지 않았을까?

"누님의 집은 바람이 잘 통하더라. 춥지도 덥지도 않아서 엄청 쾌적해."

"동감이야. 요즘 날씨가 쌀쌀해졌던데 여기 있으면 계절이 전혀 느껴지지 않아."

고급 아파트인 만큼 에어컨의 효율이 좋을 뿐 아니라 단열도 확실하게 되어 있었다.

"이제 와서 하는 소리지만 이렇게 사치스러운 곳에 산다는 게 거짓말 같아."

"그러고 보니 형님은 라면 가게 위층에서 살았다 그랬지?"

"맞아. 쇼와 시대에 지어진 것 같은 건물이지. 물론 가게에는 에어컨을 팍팍 틀어놓고 있지만 거주 공간은 쾌적하다고 말하기 힘들었어."

"우리 집도 비슷해. 가게는 최대한 쾌적한 상태를 유지하고 있지만 집에는 낡아빠진 에어컨을…… 아, 이런 이야기는 아무래도 좋은가."
"그러게. 일단 편하게 있어."
나는 책상 의자를 끌어다 앉았고, 아리스는 내 앞에 정좌했다.
"아리스. 그렇게 딱딱한 자세로 앉지 않아도 돼."
"그, 그렇구나. 사실 나도 이런 자세는 익숙하지 않거든. 명문 여고에 다니고는 있지만 우리 집은 완전히 서민이니까. 우리 학교 학생이라면 정좌한 채로 앉아서 여유로운 미소를 지었겠지."
아리스는 쓴웃음을 지으며 편한 자세로 앉았다.
나도 딱딱한 자세보다는 편하게 있는 모습을 보는 게 마음이 편했다.
"혀, 형님. 내 다리를 너무 그렇게 빤히 쳐다보지 말아줘."
"응? 고쳐 앉길래 살짝 본 게 다야."
"그렇구나……. 응. 자의식 과잉이라는 자각은 있어."
"자의식 과잉?"
무슨 말인지 잘 이해가 되지 않았다.
아리스는 얼굴을 붉히며 몸을 꼼지락거렸다.
"그 왜, 형님도 알겠지만…… 내 다리는 두꺼운 편이잖아."
"뭐?"
아리스가 본인의 허벅지를 꽉 잡았다가 놓기를 반복했다.
방금 전에도 생각한 거지만 탄탄하고 부드러운 허벅지다.
"글쎄. 두껍다고 할 정도는 아닌데?"
"아니기는 뭐가! 이거 봐, 누님이나 유즈키 씨에 비하면 거의 두 배는 두꺼운걸!"

아리스는 그렇게 단언하며 자리에서 일어났다.
일어서고 나니 허벅지의 사이즈를 제대로 파악할 수 있었다.
"두 배는 심했다. 확실히 후우카랑 유즈키가 날씬하긴 하지만…… 아리스도 평범한 수준이야."
"그, 그런가?"
아리스는 납득하기 힘든지 고개를 갸웃했다.
"하지만 엉덩이도 이렇게나 크고……. 운동을 하는데도 오히려 두께가 늘고 있어."
"…………."
아리스는 등을 돌리더니 엉덩이를 살짝 뒤로 내밀었다.
듣고 보니 확실히 엉덩이가 크긴 컸다.
워낙 튼실해서 핫팬츠 밖으로 삐져나올 것만 같았다.
엉덩이 밑으로 보이는 허벅지도 그에 준하는 폭력적인 비주얼을 과시했다.
심지어 핫팬츠의 틈새로는 하얀 팬티가 흘끔 엿보이고 있었다.
이런 형태로 팬티를 보게 된 건 태어나서 처음이었다.
"뭐, 건강미도 느껴지고 좋은데 왜."
"나왔다! 건강미! 다들 그렇게 듣기 좋은 말로 육중한 몸매를 얼버무리려 해!"
"울먹일 것까진 없잖아!"
애초에 아리스는 전혀 살이 쪄 보이는 타입이 아니었다.
건강미가 느껴진다는 말은 진심이었다.
오히려 이 정도의 살집은 에로하게…… 아니, 매력적으로 보일

정도다.

"아리스는 평소에도 트레이닝을 하고 있잖아. 그러니 살이 찔 리가 없어."

"그, 그건 그렇지만……."

아리스는 불만스럽게 중얼거리고는 다시 바닥에 앉았다.

"잠깐, 그보다 여기에 엉덩…… 다리 얘기를 하러 오지는 않았을 거 아냐."

"고민 중인 부분이긴 하지만, 아무리 그래도 형님한테 내 하반신에 대해서 상담을 구하진 않아."

"그렇겠지."

나야말로 그런 주제로 상담해 오면 곤란했다.

"이야기가 옆으로 새고 말았네. 우선은 내 얘기를 들어줘."

아리스가 진지한 얼굴로 말했기에 나는 말없이 고개를 끄덕였다.

쓸데없는 말을 내뱉으면 이야기가 또 옆길로 샐지도 몰랐다.

"마사키 형님! 용서해 줘!"

하지만 진지한 분위기도 잠시. 갑자기 아리스가 바닥에 머리를 박으며 도게자를 했다.

"뭐, 뭐야?"

다짜고짜 눈앞에서 도게자를 박으니 놀라지 않을 수가 없었다.

여자애들과 이런저런 짓을 해온 나지만 도게자를 받는 건 처음이었다.

"이, 이봐! 뭐 하는 거야, 아리스! 고개를 들어!"

“아니, 제대로 사과하게 해줘. 우리 어머니는 방임주의지만, 나쁜 짓을 저지르면 사과해야 된다는 것만큼은 확실하게 배웠거든.”

“훌륭한 가르침이긴 한데, 아리스는 나쁜 짓 같은 건 하지 않았잖아.”

“아니, 나쁜 짓을 했어. 나쁜 생각을 했어.”

마침내 아리스가 고개를 홱 들어 올렸다.

저대로 웃으면서 “농담이야”라고 말하지 않을까 싶기도 했지만, 아리스의 얼굴은 여전히 진지하기만 했다.

“사실 난 형님을 누님에게 접근하는 해충일지도 모른다고 의심했어.”

“뭐?”

내가 고개를 갸웃하자 아리스는 다시금 머리를 숙였다.

“누님이 형님을 신뢰하고 있다는 건 한눈에 보고 알았지. 평범한 인간이 아니라는 것도 바로 이해했어. 하지만, 그렇다고 정말로 신뢰해도 괜찮은 인물이라는 보장은 없어.”

“…………”

대충 어떻게 된 일인지 이해되기 시작했다.

내 얼굴이 무섭게 생겼다는 것은 부정할 수 없는 사실이다. 같은 학교에 다니는 학생들도 내가 없는 곳에서는 심한 말들을 쏟아내는 경우가 많았다.

“누님은 온화하고 똑 부러지는 사람이라 괜찮을 거라고는 생각했지만, 만에 하나라는 게 있으니까. 나 같은 인간이 누님을 대신해서 의심해야 한다고 생각했어.”

"과연."

나를 의심한 건 후우카를 위해서였나.

아리스는 다시 머리를 들어 올렸다.

"그래서 난 누님을 지키는 방패가 되기로 했어."

"어쩐지 훈련을 하면서 살기가 느껴지더라니……."

정말로 죽이려던 건 아니겠지만 내게 의심을 품고 있어서 행동도 과격해진 것이리라.

"하, 하지만…… 이제는 나도 형님을 신뢰하고 있어. 그래서 죄를 고백하고 용서를 구하러 여기에 찾아온 거야."

"뭐야, 그랬구나. 그렇다면…… 아니, 잠깐. 왜 갑자기 나를 믿을 마음이 생긴 거야? 오늘은 같이 훈련을 한 게 다잖아."

그 훈련에서 내가 아리스에게 신뢰를 얻을 만한 요소는 단 하나도 없었다.

"누님과 형님이 서로를 믿고 있다는 건 오늘 두 사람의 모습만 봐도 알 수 있었어. 게다가 설마 두 사람이 그렇고 그런 관계였을 줄이야……. 심지어 메이드 씨까지 합세해서……."

"어어?!"

"누님은 형님이랑 사귀고 있는 거지? 메이드와 바람을 피우는 것까지 허락해 주다니, 상당히 깊은 관계가 아니면 불가능해."

"잠깐 기다려, 아리스!"

나는 다급히 아리스에게 물었다.

"바, 방금 전에 내가 후우카랑 아사와, 그…… 하, 하는 장면을 본 거야?"

"나를 뭘로 보는 거야, 형님."

아리스는 다시 바닥에 정좌하더니 나를 날카롭게 노려보았다.

"나한테 타인의 정사를 훔쳐보는 취미는 없어. 하지만 형님한테는 본인의 정사를 남에게 보여주면서 기뻐하는 취미가 있는 것 같더군?"

"왜 그렇게 되는데?!"

"응? 당연히 나한테 보여주는 거라고 생각했지. 문도 열어놓은 데다가, 내가 지나가도 멈추지 않았잖아."

"……그건 확실히 내 잘못이네."

후우카와 아사의 몸에 열중한 탓에 아리스가 있다는 사실을 알아차리지 못한 모양이다.

그러고 보니 아사가 들어온 뒤로 문을 열어둔 채 놔뒀던 것 같다.

"어쨌든 과시할 의도는 없었어. 하지만 나와 후우카가 사귀는 건 맞아. 그리고 메이드들과는…… 본인들은 유즈키와 후우카의 덤이라고 말하고 있어."

"덤이라. 과연. 확실히 메이드는 아가씨와 세트라고 할 수 있을지도 모르겠어."

"나는 그렇게 생각하고 싶지 않지만 말이지……."

그러고 보니 아리스도 부잣집 아가씨들이 많이 다니는 슈우카 여고의 학생이었다.

그래서 메이드가 함께 있었다는 사실을 자연스럽게 받아들인 건지도 모르겠다.

"다시 말하지만 정말로 과시할 의도는 없었어. 그래도 아리스를 불쾌하게 만든 건 사과할게."

"어? 아니, 딱히 형님을 비난하려고 찾아온 건 아니야."

아리스는 당황해서 고개를 가로저었다. 포니테일이 움직임을 따라 좌우로 흔들렸다.

"솔직히 놀라긴 했어. 사실은 놀랐다는 표현도 부족할 정도지. 그래도 나는 형님과 누님과 메이드가 그걸 하는 모습을 보고 마침내 각오가 생겼어."

"각오?"

이번에는 또 무슨 소리를 하려고.

"사실 난, 남자를 대하는 게 서툴거든."

"그…… 그래?"

아리스는 고개를 푹 숙이고 있었고, 뺨은 붉게 물들어 있었다.

"축제 때 양아치들과 싸우던 걸 보면 서툰 것 같지는 않던데."

"서툴기 때문에 싸운 거야. 가까이 다가오면 발로 차고 주먹을 휘둘러서라도 멀리 떼어놓고 싶어져."

"…………."

침대에 앉아있던 나는 아리스로부터 살짝 거리를 벌렸다.

"아, 오해하진 마! 형님은 괜찮으니까! 형님만은 예외야!"

"나는 남자 중에서도 여자들이 특히 어려워하는 타입이야."

내 입으로 말하자니 서글프지만 안타깝게도 그게 사실이었다.

"후우카 누님과 그렇고 그런 관계인 데다, 나보다 강하고, 패배를 인정해도 분하지 않아. 그런 남자는 달리 없어."

"뭐, 없긴 하겠다."

특히 후우카와 야한 짓을 할 수 있는 건 나뿐이다. 다른 사람이 있으면 곤란했다.

"결국 내가 형님처럼 남자들을 퇴치하지 못하는 건 남자를 두려워하기 때문이야."

"아리스가 이기지 못할 남자는 거의 없을걸. 두려워할 필요 없어."

비록 독학이긴 하지만 아리스의 싸움 실력은 상당한 편이었다.

진심으로 격투기를 배운 남성이 아닌 한 아리스에게 이기기는 어려울 것이다.

"싸움 실력의 문제가 아냐. 나는 계속 남자를 멀리해 왔기 때문에 남자에 대해서 아무것도 모르고 있어. 아직 꼬맹이나 마찬가지지."

"으음……."

실제로 고등학교 2학년이 되어서도 남자에 대해서 아무것도 모르는 여학생은 드물지 않다.

아리스는 남자와 얽히기 쉬운 특성 탓에 남자를 멀리하게 되었고, 심지어 지금은 여고에 다니고 있었다.

"그래서 말인데, 저기…… 부탁이 있어!"

"부, 부탁?"

아리스는 조신한 동작으로 몸을 일으키더니 침대 위에 무릎을 꿇고 앉았다.

그러고는 몸을 앞으로 내밀어 나와 얼굴을 마주했다.

아리스의 곱상하면서도 늠름한 얼굴이 코앞으로 다가오자 나도 모르게 심장이 두근거렸다.

"나한테 남자에 대해서 가르쳐 줘!"

"이, 이봐."

아리스가 급하게 몸을 내밀어서일까, 탱크톱의 끈이 살짝 풀려서 가슴이 반쯤 드러나 있었다.

심지어 탱크톱 밑에는 브래지어도 착용하지 않은 듯했다.

"먼저 하나 알려줄게. 그런 차림으로 남자 방에 들어오면 못써. 적어도 속옷 정도는……."

"애초에 난 집에서 브래지어를 안 입어. 갑갑하거든. 그리고 이 탱크톱은 속옷도 겸하고 있어. 그러니까 그런 설명은 하지 않아도 돼!"

아리스는 얼굴을 더욱 가까이 들이댔다.

"남자에 대해서 배우고 싶어도 가르쳐 줄 사람이 없어. 난 여고에 다니는 데다가, 만약 남자가 다가오더라도 두들겨서 쫓아내 버리고 마니까."

"쫓아내지 않으면 돼잖아……."

"솔직히 말하면 어깨가 살짝 부딪히는 것조차 거북해."

"그건……. 남자가 어렵긴 한가 보구나."

묘한 부분에서 여고생다웠다.

편견이겠지만 여고에 다니는 아가씨들은 남자들을 어려워하는 이미지가 있었다.

"그렇지만 마사키 씨랑은 평범하게 대련을 했잖아요."

"우왓?!"

"아, 누님."

어느샌가 후우카가 바닥에 정좌 자세로 앉아 있었다.

"……아리스는 놀라지 않네."

"학교에서도 누님이 갑자기 나타나는 일이 곧잘 있었거든."

"과연. 아리스는 나보다도 후우카와 오래 알고 지낸 사이랬나."

나는 아직도 후우카에게 신비한 여자애라는 이미지를 품고 있었다.

참고로 당사자인 후우카는 하얀 캐미솔에 남색의 핫팬츠를 입고 있었다.

"……후우카. 웬일로 캐주얼한 의상으로 갈아입었네. 유즈키랑 비슷한 옷차림이야."

"유즈 언니의 옷을 빌렸어요. 예전에는 서로 자주 빌려 입곤 했었는데, 이번에도 그렇게 해봤어요. 유즈 언니처럼 꾸미면 저도 덤에서 졸업할 수 있을 것 같아서요."

"어……. 복장이랑은 별로 상관없지 않을까."

"덤에서 졸업을 한다?"

아리스가 후우카의 말을 듣고 고개를 갸웃했다.

설명을 해주고 싶지만 이야기가 길어질 것 같아서 생략하기로 했다.

"뭐, 됐나. 후우카 누님의 행동이 특이한 건 어제오늘 일이 아니니까."

애초에 설명할 필요도 없었던 모양이다.

"후후, 그렇게 칭찬하면 부끄럽잖아요."

"아리스가 딱히 칭찬한 것 같지는 않은데."

아무래도 내 여자친구의 신비한 면모는 조만간 언어화 해두는 편이 좋을 것 같다.

"그보다 아리스, 정말로 괜찮은 건가요?"

"네, 바라던 바예요. 남자에 대해서 가르쳐 달라는 말은 저한테 야한 짓을 해달라는 뜻이죠."

"딱 잘라 말하네요……. 남자다워요."

이 녀석, 남자를 어려워한다면서 누구보다 남자답게 행동했다.

그래도 일단 뺨을 붉히며 부끄러워하고는 있었다.

"아니, 잠깐만! 아리스, 진심이야?"

"지, 진심이다. 그 증거로…… 봐!"

"…………!"

아리스가 내 눈앞에서 탱크톱을 홱 들어 올렸다.

밑가슴이 절반 이상 노출되었고, 핑크색의 무언가도 살짝 보이는 듯한 기분이 들었다.

"가, 가슴 정도라면…… 어, 얼마든지 봐도 좋아. 훈련에 어울려 준 답례이기도 하고."

"다, 답례치고는 너무 과하잖아!"

이미 여섯 명이나 되는 미소녀의 가슴을 봐왔건만, 설마 이렇게 간단히 아리스의 가슴까지 보게 되다니!

"와. 아리스는 의외로 가슴이 크네요……."

"누, 누님. 너무 빤히 쳐다보진 말아줘요."

"내가 쳐다보는 건 괜찮고?"

그나저나 어째서 후우카까지 아리스의 가슴을 빤히 응시하고 있는 걸까?

"저, 젖꼭지가 큰 편이라…… 부, 부끄럽다."

"응? 딱히 그렇진 않은데. 아니다, 조금 큰 편인가?"

"저, 마사키 씨? 괜찮다면 한번 비교해 볼까요……?"

"이런, 후우카까지……!"

후우카가 캐미솔의 어깨끈을 풀어 내리더니 본인의 가슴을 노출시켰다.

설마 후우카도 노브라였을 줄이야…….

많이 봐서 익숙했음에도 후우카의 G컵 가슴은 여전히 나를 흥분하게 만들었다.

"이, 이게 누님의 가슴……. 으윽, 역시 젖꼭지도 작고 귀여워……!"

"자책할 필요 없어요. 아리스의 젖꼭지도 색깔이 예쁜걸요."

후우카와 아리스는 침대 위에 마주 앉아 서로의 가슴을 비교하고 있었다.

"확실히 젖꼭지의 크기는 다르지만 아리스의 젖꼭지도 지나치게 큰 편은 아냐. 게다가 이렇게 커다란 젖꼭지도 에로하다고 보는데……."

"여, 역시 크다는 소리잖아. 흐윽, 누님한테는 가슴의 사이즈도, 젖꼭지의 모양으로도 지고 말았어!"

아리스는 기가 죽은 눈치였다. 하지만 아리스의 가슴도 충분히 커다랬고, 젖꼭지도 야했다.

"그러면 마사키 씨……. 젖꼭지의 맛도 확인해 보실래요?"

"마, 맛?! 그, 그렇구나. 맛이라면 누님한테 이길 수 있을지도 몰라."

"…………."

젖꼭지에 맛이 어딨다고. 이상하게 달콤한 맛이 나는 건 사실이지만.

"자, 잠깐. 아무리 그래도 다짜고짜 아리스의 젖꼭지를 빨 수는 없어."

"괘, 괜찮아. 내 젖꼭지를 맛봐 줘……. 나, 남자의 입의 감촉을 가르쳐 줘."

"돌겠네……."

어째서 항상 이런 식으로 흘러가는 걸까…….

유즈키와 후우카, 충성을 맹세하는 쌍둥이 메이드까지는 납득할 수 있었다. 하지만 리나와 나라카에 이어서 후우카의 덤을 자처하는 아리스와도 이런 관계가 될 줄이야.

"아앙……!"

그런 생각을 하면서도 나는 아리스의 가슴으로 얼굴을 가져가 젖꼭지를 낼름 핥았다.

"꺄악, 아리스의 입에서 귀여운 목소리가 튀어나왔어요."

"차, 창피하니까 설명하지 말아줘요, 누님. 그, 그래서 내 젖꼭지 맛은 어땠어……?"

아리스에게 질문을 받은 나는 묵묵히 후우카의 젖꼭지도 핥아 보았다.

핥는 데서 그치지 않고 후우카의 젖꼭지를 입에 넣고 빨아보았다.

“하윽……! 왜, 왠지 오늘은 평소보다 민감하네요…….”

후우카가 달콤한 신음 소리를 내며 몸을 뒤틀었다. 나는 다시 아리스의 젖꼭지로 입을 가져갔다.

“히약, 또 내 차례야……. 젖꼭지가 커다래서 창피한데……!”

나는 아리스의 젖꼭지를 입에 넣고 강하게 빨았다. 혀로도 낼름낼름 핥아주었다.

“오오, 확실히 맛이 다르네……. 아리스의 젖꼭지도 달콤해.”

“다, 달콤할 리가…… 하윽. 또 빨리고 있어!”

나는 아리스의 커다란 젖꼭지를 다시 입속에 집어넣고 소리가 나도록 빨았다.

“이 맛, 중독될지도 모르겠어.”

“그, 그건……. 빠, 빨아도 되지만 그렇게 강하게 하면♡”

“마사키 씨, 제 가슴도 부탁해요…….”

“아, 알겠어, 후우카…….”

나는 아리스의 젖꼭지를 빨면서 후우카를 끌어안았다. 그 상태로 후우카의 가슴을 주무르고, 자그만 젖꼭지를 꼬집고 잡아당겼다.

그러자 후우카의 젖꼭지가 금세 딱딱해졌다. 후우카의 신음 소리도 더욱 커져갔다.

“꺄악! 하아앙, 젖꼭지를 꼬집히고 있어…… 흐앙, 마사키 씨♡”

“누, 누님, 목소리가 야해요……. 흑, 나도, 이상한 소리가 나와버려…… 아앗♡"

후우카와 아리스. 나는 지금 명문 여고의 전 학생과 현역 학생의 젖꼭지를 입과 손으로 맛보고 있는 것이다.

이 상황 자체가 너무 자극적이었다.

"아리스는 이런 경험이 처음이죠? 그런데도 이렇게 느끼다니."

"차, 창피해……. 하, 하지만 이 정도라면 그래도 버틸 만해요……. 어, 엉덩이를 만지면 감당하기 어렵겠지만……."

"아, 그렇지. 아리스 하면 역시 엉덩이인가."

"꺄악♡"

나는 손을 뻗어 아리스의 엉덩이를 쓰다듬었다.

데님 핫팬츠 너머로 엉덩이의 무시무시한 탄력이 전해져 왔다.

"거, 거긴……. 마, 만지는 건 괜찮지만 주무르거나 하진 말아줘. 부끄러우니까……!"

"그, 그럼 살짝 건들기만 할 테니까 보여줘 봐."

"히익!"

나는 아리스의 몸을 반바퀴 돌려 침대에 엎드리게 만들었다.

아리스의 몸은 얼핏 튼실해 보이지만 전체적으로 보면 생각보다 가냘팠다. 엎드리게 만드는 것 정도는 간단했다.

"오오, 이렇게 보니 정말로 훌륭한 엉덩이인걸."

"아, 아앙……♡ 엉덩이, 부끄러워……!"

아리스는 그렇게 말하면서도 엉덩이를 내민 자세를 유지하고 있었다.

튼실한 허벅지와 박력 넘치는 엉덩이가 내 시야를 가득 메웠다.

“이거 엄청난걸……. 놀라울 정도로 커다란 엉덩이야.”

“크, 크다고 말하지 마……. 꺄악, 누님까지 내 엉덩이를♡”

“하지만 매력적인 엉덩이인걸요. 남자들이 좋아할 만해요.”

후우카도 아리스의 엉덩이를 쓰다듬기 시작했다.

엉덩이가 이만큼 튼실하면 아무리 여자라도 만지고 싶어지는 게 당연했다.

핫팬츠 너머로 엉덩이를 쓰다듬던 내 손에도 절로 힘이 들어갔다.

오오. 이 탄탄하면서도 부드러운 감각. 그야말로 신세계다……!

“앗, 하앗…… 그, 그렇게 세게 주무르면……! 앙, 아앗♡”

나는 아리스의 헐떡이는 소리를 들으며 얼굴을 엉덩이 쪽으로 가져갔다.

가까이서 보면 볼수록 엄청난 사이즈의 엉덩이다. 더 만지고 싶어졌다.

“아리스. 이 바지, 벗겨도 될까?”

“어, 엉덩이를 생으로 보겠다는 건가……. 혀, 형님이라면…… 허락할게…….”

아리스는 뒤를 돌아보며 고개를 끄덕였다.

나는 망설이지 않고 핫팬츠의 단추를 풀어 벗겨 내렸다.

위에는 노브라였지만 팬티는 제대로 입고 있었다. 청초한 하얀색의 팬티다.

“굉장한걸. 바지가 없어서 그런지 훨씬 커 보여……!”

“크, 크다고 말하지 말래도……. 아앙, 이번에는 직접 만지고 있어……!"

나는 팬티 너머로 엉덩이를 쓰다듬고, 맨살이 노출된 부분을 붙잡아 주물러댔다.

쌍둥이의 가슴도 많이 주물러 봤지만 이 커다란 엉덩이의 감촉은 가슴과는 또 달랐다.

이렇게 부드럽고 탄탄한 물질을 만져본 건 태어나서 처음이었다.

"마사키 씨, 그렇게 마음에 드셨다면…… 엉덩이로 즐겨보시는 게 어때요?"

"그, 그래도 될까?"

"뭐, 뭘 하려는지는 모르겠지만 마음대로 해……. 나, 나도 이상한 기분이 들기 시작했어."

후우카의 제안을 단번에 이해한 나와는 달리 아리스는 영문을 모르겠다는 표정을 지었다.

나는 침대에 엎드린 아리스의 자세를 바꿔 양쪽 무릎을 짚고 허리를 들어 올리게 했다.

커다란 엉덩이가 더욱더 부각되는 포즈였다.

"그, 그럼 시작한다, 아리스……."

"아 알았어……. 힉, 하윽! 무, 무슨 짓을♡"

나는 페니스를 꺼내 아리스의 튼실한 엉덩이에 대고 비비기 시작했다.

오오, 이거 끝내주는군. 페니스로 느끼는 엉덩이의 감촉도 최고였다.

"꺄악, 앗, 아앙♡ 어, 엉덩이로…… 이런 짓을…… 아앗♡"

예전에 아사와 유우의 엉덩이 사이에 페니스를 끼우고 즐겼던 적이 있는데, 이건 그때와는 또 다른 경험이었다.

엉덩이 하나로 이만한 쾌감을 느낄 수 있을 줄이야.

운동으로 단련된 튼실한 엉덩이는 색다른 맛이 있었다.

"하앗, 엉덩이에 뜨겁고 단단한 게 닿고 있어…… 앗, 하앗……!"

아리스는 엉덩이를 더욱 뒤로 내밀어 내 페니스에 밀착시켰다.

이러니저러니 해도 엉덩이로 느끼고 있는 모양이었다.

"마사키 씨, 저도……. 여, 여기를 써서 문질러 드릴까요?"

"괜찮은 생각인걸."

후우카도 어느새 바지를 벗고 흰색 팬티를 노출시켰다.

"뭐, 뭘 하려고……? 앗, 설마 누님이랑 한꺼번에……."

"맞아. 후우카의 가랑이와 아리스의 엉덩이로 즐기려고."

"나, 나한테 도대체 뭘 가르치려는 거야, 형님은……. 하, 하지만 나도 더는 멈출 수가 없어……."

아리스는 무릎을 꿇은 채로 일어나서 다시 엉덩이를 뒤로 내밀었다.

나는 그 옆에 드러누워 아리스의 엉덩이에 대고 페니스를 문질렀다.

"그러면 저도…… 꺄악. 마사키 씨, 오늘따라 굉장히 화끈하시네요…… 아앙♡"

후우카는 아리스의 엉덩이에 닿아있는 내 페니스에 본인의 음부를 가져다 댔다.

셋이서 몸을 맞대고 있으려니 움직이기가 쉽지는 않았다. 하지만…….

"후, 후우카의 가랑이와 아리스의 엉덩이가 양쪽에서…… 엄청나……!"

"꺄악, 마사키 씨, 움직임이 너무 거칠어요……!"

"아앙, 혀, 형님! 이상한 부분에 닿았어…… 앗, 아앗♡"

후우카의 음부와 아리스의 엉덩이 사이에 페니스를 끼우고 문지르자 강한 자극이 전해져 왔다.

아리스는 엉덩이를 더욱 강하게 들이밀었고, 후우카의 음부는 축축하게 젖어들기 시작했다.

이쯤 되니 나도 도저히 참을 수가 없었다.

"더, 더는 무리야. 아리스, 후우카……!"

"마, 마사키 씨, 그대로 아리스한테 싸주세요……! 아리스한테 남자의 열기를 가르쳐 주세요!"

"나, 나도 형님의 뜨거운 걸 원해……!"

"알겠어……! 윽……!"

나는 아리스의 엉덩이에 페니스를 거칠게 문지른 다음, 잠시 뒤쪽으로 몸을 뺐다.

이어서 아리스를 엎드리게 만든 나는 아리스의 허리를 단단히 붙잡고 하얀 액체를 분출시켰다.

"꺄악!"

아리스의 엉덩이와 하얀색 팬티 위로 내 정액이 쏟아져 내렸다.

"흐앗, 앗, 엉덩이에 뜨거운 게 쏟아지고 있어……! 아앗♡"
아리스의 튼실한 엉덩이가 부들부들 떨렸다. 그 위에는 대량의 희고 끈적한 액체가 뿌려져 있었다.
"아, 아직도 나오고 있어…… 아앙……♡"
"아리스의 하얀 엉덩이가 더럽혀지고 있어요……. 굉장해……."
"쳐, 쳐다보지 마세요, 누님…… 창피해요……♡"
아리스는 몸을 움찔거렸고, 그로 인해서 엉덩이도 덩달아 흔들렸다.
나는 모든 것을 토해낸 뒤 침대에 걸터앉았다.
"후우……. 엄청 좋았어, 아리스."
"으, 응. 근육밖에 없는 이런 몸으로 만족했다니 나도 기뻐……. 이, 이걸로 형님에 대해서 조금은 이해한 기분이 들어."
아리스는 엎드린 채로 고개를 돌려 희미하게 미소 지었다.
나는 일단 더러워진 아리스의 엉덩이를 깨끗하게 닦아주었다. 그런데 그때 후우카가 말했다.
"아리스, 아직이에요."
"누님? 아, 아아…… 그렇구나. 그게 있었지…… 누님, 저랑 같이……."
"알았어요."
아리스와 후우카는 서로를 마주보며 고개를 끄덕이더니 내 고간에 얼굴을 들이댔다.
그리고는 귀여운 혓바닥으로 내 페니스를 핥기 시작했다.
"뒤처리까지 해주는 거구나."

"후, 훈련이 끝나면 근육을 마사지해 주잖아……. 그, 그러니 이것도 제대로 청소해 줘야지……. 음, 추릅, 하읍……."

아리스는 아직 축축하게 젖어있는 페니스의 끝부분을 혀로 핥은 다음, 페니스를 입에 물고 안쪽에 남아있는 정액을 빨아들였다.

후우카는 뿌리 부분을 낼름낼름 핥아주고 있었다.

청초한 두 미소녀의 봉사라. 끝내주는군.

이제는 더블 펠라치오도 익숙해진 나지만 흑발의 생머리 소녀와, 흑발의 포니테일 소녀가 입으로 청소해 주는 광경은 굉장하다는 말로밖에 설명이 되지 않았다.

"하아……. 이, 이제 충분해, 둘 다. 고마워."

나는 두 사람의 머리를 툭툭 두드린 뒤, 후우카의 몸을 끌어안고 키스를 했다.

"키스는…… 누님한테 양보할게. 대신 엉덩이라도 쓰다듬어 줘……."

"오오……."

나는 후우카와 키스를 하면서 아리스가 내민 엉덩이를 쓰다듬었다.

나를 사정시켜 준 엉덩이이기 때문인지 아리스의 엉덩이가 더욱 각별하게 느껴졌다.

"아앗, 또 엉덩이를 쓰다듬고 있어……. 남자들은 커다란 엉덩이를 싫어할 줄 알았는데, 아앙, 형님이 이렇게나 좋아해 줄 줄이야♡"

내가 엉덩이를 쓰다듬자 아리스가 몸을 움찔거렸다.

어쩌면 가볍게 절정에 달한 걸지도 몰랐다.

“수, 수치로만 여겼던 엉덩이로 흥분하고 있어……. 나, 나는 타락해 버린 걸까?”

“아니. 본인의 엉덩이에 자부심을 가지도록 해. 적어도 나한테는 최고의 엉덩이니까.”

나는 아리스의 흰 팬티 속에 손을 집어넣고 엉덩이를 주물럭거렸다.

“정말로 끝내주는 엉덩이야, 아리스…….”

“대, 대놓고 칭찬하지 마. 그, 그래도 형님이 엉덩이를 쓰다듬어 줬으면 좋겠어…….”

“그래, 물론이야.”

“마사키 씨, 키스도 잊지 마세요…….”

“맞아. 나와 누님을 모두 만족시켜 줘…….”

“그럴 거야.”

나는 후우카와 농밀한 키스를 하면서 아리스의 엉덩이를 만끽했다.

다음에는 후우카의 작고 귀여운 엉덩이와 아리스의 크고 튼실한 엉덩이를 한꺼번에 맛보는 것도 괜찮을지 몰랐다.

4. 쌍둥이는 싸우는 남자친구를 응원하고 싶은 모양입니다

다음 날.

학교에서 수업을 마친 나는 혼자서 집으로 귀가하는 중이었다. 흔치는 않은 일이었다.

유즈키는 리나를 비롯한 날라리 친구들과 놀러 갔고, 후우카는 학교에서 처리할 일이 있는 모양이었다.

"아무래도 피로가 덜 풀린 것 같네……."

아파트가 보이기 시작했을 즈음 내가 중얼거렸다.

어젯밤부터 날이 밝기 직전까지 후우카, 아리스와 뒹굴어 댔으니 무리도 아니었다.

아리스의 커다란 엉덩이도 매력적이었고, 후우카도 그날따라 적극적이었다.

혹시 덤에서 졸업하기로 했기 때문일까?

유즈키가 없을 때 조금이라도 더 나와 관계를 가지려는 의도일지도 몰랐다.

어쨌든 어제는 후우카의 몸도 잔뜩 맛보았고, 아리스에게도 남자란 무엇인지를 듬뿍 가르쳐 주었다.

즐길 만큼 즐겼으니 피곤한 게 당연했다.

"응?"

아파트의 로비로 들어서자 사람이 한 명 보였다.

젊어 보이는 여성이었다. 고등학생 정도일까.

머리카락은 화려한 금발로, 갈색 계통인 유즈키보다도 눈에 띄었다.

"…………우와."

나도 모르게 입에서 소리가 나오고 말았다.

여성의 머리색도 머리색이지만 몸매가 범상치 않았다. 마치 다른 세계에 사는 사람 같았다.

복장은 짧은 데님 재킷에 청바지.

외투를 걸치고 있는데도 늘씬한 몸매라는 것이 확 와닿았다.

무엇보다 다리가 무척 가늘었고, 엉덩이도 작은 편이었다.

어젯밤 아리스의 큼지막한 엉덩이를 봐서인지 더 작아 보였다.

"응? 누가 있나?"

"…………."

여성이 뒤쪽에 있던 나를 돌아보며 말했다.

"어라? 거기 당신, 잠깐 얘기 좀 할까."

"음?"

여성이 미심쩍은 표정을 지으며 내게로 저벅저벅 다가왔다.

화려한 금발은 두 갈래로 묶여 있었다. 이게 바로 트윈 테일인가?

게다가 검은색 마스크를 착용하고 있었다. 마스크 위로 보이는 동그란 눈만으로도 그 미모를 짐작할 수 있었다.

다만, 그 눈조차도 커다란 뿔테 안경으로 가려져 있었다.

변장한 게 분명해 보였다.

Kawaii

안경에 마스크를 착용하는 여성이 드문 건 아니지만 이 여성에게서는 미모를 숨기려는 의도가 느껴졌다.

“당신, 이 아파트의 주민이지?”

“마, 맞아. 일단은.”

얹혀사는 신세기는 하지만 거주한 지 벌써 수개월은 되었다.

주민이라고 말해도 거짓말은 아닐 것이다.

“이전에 당신을 몇 번 본 적이 있어.”

“응? 그쪽도 이 아파트의 주민이야?”

그러고 보면 나는 이곳의 주민들과 면식이 없었다.

로비에서 사람을 마주치면 인사 정도는 하지만 알고 지낸다고 말할 정도는 아니었다.

내 얼굴로 인사 이상의 제스처를 취하면 상대를 불안하게 만들 우려가 있었다.

우리 아파트에 조폭이 있었나?! 같은.

“맞아. 2층에 살고 있어.”

“그렇군. 나는…….”

“최상층에 살고 있지?”

“어? 그걸 어떻게…….”

아무리 같은 아파트 주민이라도 누가 몇 층에 사는지는 모를 텐데.

“츠바사 유즈키가 최상층에 살고 있잖아. 너랑 츠바사 유즈키가 함께 걷는 걸 본 적이 있어.”

“그렇구나……. 아, 그러면 혹시 유즈키랑 아는 사이야?”

"유, 유즈키……! 그 긍지 높은 츠바사 유즈키가 남자한테 이름으로 불리다니?!"

안경 너머로 여성의 눈이 휘둥그레진 것이 보였다.

"진정해. 같은 반 남자애들도 유즈키를 편하게 이름으로 부르고 있어."

나도 고백하기 전부터 '유즈키'라고 불렀다.

보통 다른 남자가 여자친구를 이름으로 부르면 불편하게 느껴지겠지만, 유즈키의 경우에는 익숙해서 아무렇지도 않았다.

"아무래도 유즈키랑 잘 아는 사이는 아닌 것 같네."

"뭣……! 나, 나도 잘 알거든! 이, 일단 예쁘잖아!"

"그런 건 얼굴만 봐도 알아."

"예, 예쁘다는 건 인정하는구나. 살인귀처럼 생겼으면서."

"그 살인귀처럼 생긴 녀석한테 용케 악담을 퍼붓네."

"꺅……! 그, 그만. 내가 잘못했어. 사라는 입버릇이 나쁘단 말야!"

"사라……."

자기 이름을 1인칭으로 사용하는 타입인가.

생각보다 흔하단 말이지. 반에도 한두 명 정도는 꼭 있었다.

"마, 맞아. 소개가 늦었네. 내 이름은 후루카와 사라. 후루카와는 오래된 강이라는 뜻이고, 카타카나로 사라라고 써. 성으로 부르기 싫으면 사라라고 불러도 좋아."

"알겠어, 사라. 나는 마사키 나카바라고 해."

이어서 내 이름의 한자도 설명해 주었다.

같은 아파트의 주민인 듯하니 사라와는 원만한 관계를 쌓는 편이 좋아 보였다.

“그래, 마사키란 말이지……. 그보다 묻고 싶은 게 있어.”

“응?”

“넌 츠바사 유즈키…… 츠바사의 나, 남자친구야?”

“………….”

모르는 사람 앞에서 그 사실을 인정해도 괜찮은 걸까?

하지만 학교에서는 이미 퍼질 대로 퍼진 사실이고, 유즈키 본인도 전혀 숨길 생각이 없어 보였다.

“맞아. 유즈키와 사귀고 있어.”

“그, 그 말은…… 혹시 고교생인 주제에 동거 중인 거야?”

“어……. 그래, 맞아.”

함부로 떠들고 다닐 만한 내용은 아니지만 이곳의 주민이라는 사실을 말해버렸으니 숨겨도 소용이 없었다.

유즈키와 다른 집에 산다고 잡아뗄 수도 있겠지만 아무리 생각해도 부자연스러웠다.

거짓말을 할 바에는 솔직하게 대답하는 게 남자다웠다.

“그, 그 녀석…… 츠바사한테 남친이 있다고?! 모델로서 자각이 없구만!”

“뭐야, 유즈키가 모델을 했다는 사실까지 알고 있었구나.”

유즈키가 모델을 했었다는 것은 나도 알고 있었다.

질려서 금세 관뒀다는 것도.

“모델이 연애를 한다고 이상할 건 없지 않나? 아이돌도 아니고.”

연예계에 대해서 잘 알지는 않지만 딱히 틀린 말은 아닐 것이다.

"애초에 유즈키는 모델 일을 관뒀다고 들었어."

"엄밀하게 말하면 은퇴는 하지 않았어! 지금은 휴업 중일 뿐이야!"

"어? 그런 거였구나."

나도 정확하게는 모르지만 잡지 모델들은 일이 있을 때만 호출을 받는다고 들었다.

휴업 중이라면 호출받을 일도 없을 테고……. 결국 은퇴랑 똑같은 거 같은데.

"아무것도 몰랐나 보네. 흐응…… 그 녀석, 이런 남자가 취향이었구나."

"그러는 너야말로 대단한걸. 나를 보고 당황하지 않다니."

"딱히? 남자를 무서워한 적은 없거든."

흥, 하고 사라가 고개를 홱 돌렸다.

아리스도 고집이 센 편이었는데, 사라도 상당히 까다로운 성격의 소유자인 듯했다.

연거푸 특이한 성격을 가진 여자애와 인연을 맺게 될 줄이야.

"아, 맞다. 나는 네가 유즈키와 어떤 관계인지 전혀 몰라. 우리 학교 학생은 아니지?"

"츠바사랑은 다른 학교에 다녀."

사라는 그렇게 말하며 본인이 다니는 학교의 이름을 밝혔다.

슈우카 여고 같은 명문고는 아니지만 제법 이름이 알려진 여학교였다.

"교칙이 느슨하고 학생의 자율성을 존중하는 곳이라고 들었는데……. 아, 그래서."

"뭐 불만이라도 있어?"

내가 눈앞의 금색 트윈 테일을 빤히 응시하자 사라가 나를 째려보았다.

우리 학교도 두발 규제가 엄격한 편은 아니지만 이렇게 화려한 금발은 본 적이 없었다.

교칙이 웬만큼 느슨한 학교가 아니라면 이 머리로 등교하긴 힘들 것이다.

"사라도 모델 일을 하고 있어."

"모델?"

아, 그렇구나. 그래서…….

이 날씬한 몸매는 모델로 활동하기 위해 유지하고 있는 걸지도 몰랐다.

완전히 타고난 몸매가 아니라면 식단과 운동에 상당한 노력을 기울이고 있을 것이다.

어젯밤 아리스의 튼실한 엉덩이와 허벅지를 봐서 그런지 사라의 몸매가 더욱 날씬해 보였다.

"혹시 유즈키와 같은 곳에서 모델 일을 했던 거야?"

"같은 곳?"

아리스가 눈을 부릅뜨며 나를 노려보았다.

"고작 같은 곳에서 일했다고 이러는 줄 알아! 이 바보! 츠바사 유즈키한테도 바보라고 전해줘! 그럼 난 간다!"

"…………."

그렇게 외친 사라는 금발의 트윈테일을 휘날리며 엘리베이터를 타고 떠나갔다.

나도 엘리베이터에 타고 싶었는데…….

"어라? 마사키잖아. 너도 지금 돌아오는 길이야?"

"오, 유즈키."

마치 사라와 교대라도 하듯 유즈키가 로비로 들어섰다.

"유즈키, 친구들이랑 놀러 간 거 아니었어?"

"가려고 했는데 가게가 임시 휴업이라네. 결국 흥이 깨져서 해산했어."

"아쉽게 됐네."

"어쩔 수 없지. 이런 날도 있는 거니까."

유즈키는 내게 성큼성큼 걸어오더니 까치발을 들어 가볍게 키스를 했다.

물론 주변에는 아무도 없었다.

"앗, 엘리베이터가 벌써 도착했네."

사라의 집은 2층이라서 금방 내려온 모양이었다.

나와 유즈키는 엘리베이터에 탑승해 최상층으로 향했다.

"음, 하음…… 쪽, 으음……!"

우리는 누가 먼저라 할 것도 없이 서로를 끌어안고 키스를 했다.

나는 그 와중에도 유즈키의 옷 너머로 G컵 가슴을 주물렀다.

"아앙. 하여간 급하다니까. 집까지 얼마나 된다고♡"

유즈키는 기쁘다는 듯이 나를 놀렸다.

"먼저 키스를 한 건 유즈키잖아? 아무도 안 타니까 문제없어."

"하긴."

이 엘리베이터가 최상층 전용은 아니지만 어차피 탈 사람도 없으니 괜찮을 것이다. 적어도 올라가는 도중에 멈출 일은 없었다.

유즈키는 키득키득 웃더니 나를 강하게 끌어안고 내 입속에 혀를 집어넣었다.

그렇게 격렬한 키스를 만끽한 뒤, 엘리베이터에서 내린 우리는 복도를 지나 츠바사 자매의 집으로 들어섰다.

"하음, 또……! 이번에는 브라까지…… 꺄악!"

집으로 들어온 우리는 현관문을 닫고 헐레벌떡 서로를 끌어안았다.

나는 곧바로 유즈키의 교복 상의를 풀어 헤쳤다. 그리고 검은색 브래지어를 밑으로 내려 가슴을 노출시킨 뒤, 모습을 드러낸 젖꼭지를 빨았다.

"마, 마사키, 더 세게……! 하윽, 오늘은 제대로 놀지도 못했으니까 그만큼 거칠게 해도 좋아♡"

"그래, 알겠어……."

나는 자국이 남을 만큼 유즈키의 젖꼭지를 세게 깨물고, 미니스커트 속으로 손을 집어넣어 팬티 너머로 은밀한 부위를 문질렀다.

"하, 하앗, 아앙…… 읏, 그러고 보니, 마사키…… 엘리베이터 앞에서 무슨 일 있었어? 부, 분위기가 평소랑은 좀 다르던데."

유즈키는 내게 몸을 밀착시키더니 허벅지로 바지 속에 있는 내 페니스를 문질렀다.

"별거 아냐. 로비에서 이상한 여자애를 만났거든."

"이상한 여자애?"

우리는 대화를 하면서도 쪽, 쪽 소리를 내가며 서로의 입술을 탐했다.

"아파트에 살아도 의외로 다른 주민들과 만나기 어렵더라."

"그래. 그럴지도."

"그렇지……? 읍, 하음, 음, 후아……."

입술을 떼어낸 우리는 그제야 냉정함을 되찾고 서로의 몸을 놓아주었다.

유즈키가 너무 사랑스러워서 이렇게 스킨십이라도 하지 않으면 버틸 수가 없었다.

우리는 거실로 들어가 나란히 소파에 앉았다.

"이 아파트에는 고등학생 자녀도 꽤 많이 살아. 고등학생만 사는 집은 우리뿐이겠지만."

"하긴 그렇겠네."

만화 속이라면 모를까, 고등학생 남녀가 동거 생활을 하는 건 일반적이지 않았다.

"그래서? 로비에서 만났다는 게 누군데?"

"유즈키의 지인 같았어. 후루카와 사라라고 하더라."

"아, 세라였구나."

"세라?"

"별명이야. 사라가 세라복을 입었다고 해서 세라."

"세라복을 입는 학교라. 학교 이름은 들어봤어."
"수준이 높은데도 자유로운 교풍으로 유명한 곳이야. 내 친구의 친구들도 꽤 많이 다니고 있어. 날라리도 많대."
"자유로우면 보통 그렇게 되겠네."
우리 학교에서 금발로 염색했다가는 학생 주임에게 불려 갈 것이다.
"유즈키, 그 사라라는 애랑 같이 모델 일을 했었어?"
"같은 나이에, 같은 호에서 데뷔를 했으니 동기라고 봐야겠지."
"동기……. 유즈키랑 같이 모델을 했냐고 물었더니 갑자기 애들처럼 빽 소리를 지르고 가버렸어."
"아하하. 대충 상상이 가네."
유즈키가 손뼉을 치면서 웃었다.
"세라는 모델로 활동할 때 나를 라이벌로 여기고 있었거든. 아직도 마음에 두고 있었구나."
"라이벌이라……."
유즈키 같은 미인과 같은 잡지에서 활동했다면 질투심이 생길 만도 했다.
그랬구나. 그래서 사라는 유즈키에 대해서 계속 물어본 거구나.
"사실은 최근에 세라랑 만났었거든. 가끔 전화로 대화하긴 했지만 갑자기 만나고 싶어져서 로비로 불러냈어."
"밤중에 로비로 내려간 적이 있었지. 그때구나."
같은 아파트에 거주하는 친구, 아니, 지인과 만나러 갔던 거구나.
"오랜만에 얼굴을 봤는데 별로 변한 게 없더라. 내가 말하는 것도 그렇지만, 워낙 화려하게 꾸미고 다니니까. 그 애는."

"금발 트윈테일에, 몸매도 날씬하던걸."

"세라는 예전부터 쭉 그 머리였어. 정말이지, 눈에 띈다니까. 어울리긴 하지만 말야."

"확실히 어울리긴 하더라. 얼굴도 예쁘……."

"왜 말을 하다 말아, 마사키? 예뻐서 사귀고 싶어졌어?"

"그럴 리 없잖아."

사라가 예쁘긴 했지만 그것과는 별개로 묘하게 인상에 남는 얼굴이었다.

"성격도 날카롭고, 표정도 왠지 화난 것 같아서 인상에 강하게 남았나 봐."

"아하하. 그건 그래. 세라는 화내는 모습도 귀엽지. 웃으면 더 귀여울 텐데."

"그 성격이 싫다는 건 아니야."

살짝 정서불안스러운 모습이 오히려 내 흥미를 자극했다.

"맞아. 혼자 뭐라고 뭐라고 떠들어대서 귀엽지. 알 거 같아."

"하지만 너무 말라서 좀 걱정이 되더라. 밥은 제대로 먹는 건가?"

"제대로 안 먹고 있을걸."

"설마."

하지만 유즈키의 진지한 얼굴을 보건대 사실인 듯했다.

"세라는 잡지 모델을 넘어서 진짜 모델을 목표로 하고 있어."

"진짜 모델이라면 '무슨무슨 컬렉션' 같은 패션 쇼에 나오는 모델을 말하는 거야?"

"맞아, 바로 그거야. 잡지 모델이라도 거기까지 생각하는 사람은 드문 편이야. 연예계 진출을 노리는 애들이라면 종종 있지만."

"내 편견일지도 모르지만 유명 모델들은 자기 관리가 철저한 것 같더라……."

TV에서 본 수준의 지식이지만 유명 모델들은 놀라울 정도로 날씬해서 체중 관리에 심혈을 기울인다는 게 한눈에 보일 정도였다.

"아무나 진입하지 못하는 업계거든. 일본인이 세계로 진출하는 경우는 적어. 그래도 세라는 진심인가 보더라. 음식은 샐러드만 먹고 사는 게 아닐까 싶을 정도고, 체육관에도 열심히 다니면서 몸매 관리에 힘쓰고 있어."

"새, 샐러드만 먹는다고? 라면이랑 만두도 먹는 게 좋아."

"역시 라면 가게 아들이구나. 세라는 십 년 넘게 라면은 입에 대지도 않았을걸?"

"걔도 우리랑 같은 나이잖아. 일곱 살 때부터 라면을 안 먹었다고?"

"아하하. 그만큼 절제하고 있다는 뜻이야. 진룡의 라면은 정말 맛있으니까 나도 한번 먹여주고 싶네."

"내 말이."

그렇게 마른 여자애가 우리 가게를 방문한다면 아버지는 공짜로라도 배가 터지도록 음식을 먹여줄 것이다.

아버지는 전형적인 서민 음식점의 주인이라서 젊은 사람만 보면 뭐라도 먹이려고 안달이었다.

"뭐, 그 몸매를 유지하기 위해 노력하는 점은 대단하다는 생각이 드네."
"세라가 좀 마르긴 했지. 그래도 가슴은 엄청 성장해서 나도 모르게 웃어버렸어."
"우, 웃을 일인가?"
"가슴은 의지로 조절할 수가 없잖아. 세라는 체중이 늘었다고 한탄하더라. 가슴이 커졌으면 하는 여자애가 세상에 얼마나 많은데."
"그러는 유즈키야말로 큰 편이잖아."
나는 유즈키의 G컵 가슴을 밑에서 들어 올려 보였다.
"꺄, 멋대로 만지면 못써♡"
유즈키는 환하게 웃으며 내 뺨에 키스를 했다.
"나는 가슴이 크다고 불만을 가져본 적은 없어. 오히려 내 자부심인걸. 애초에 더는 모델도 아니고."
"참, 그거 말인데."
유즈키의 말을 듣고 비로소 생각이 났다.
"사라가 유즈키는 관둔 게 아니라 휴업 중인 거라고 말하더라."
"응? 아, 어쩌면 계약이 그런 식으로 됐던 걸지도."
"아휴. 계약같이 중요한 문제를 대충 처리하면 안 되지."
"무슨 일이 생기면 패션 잡지사와의 계약쯤 츠바사 가문의 힘으로 뭉개버리지 뭐."
"츠바사 가문이 무서워질 만한 말은 하지 말아줘."
"농담이야. 우리는 깨끗한 사업만 하고 있거든. 출판사에 압력을 가하거나 하진 않아."
"다행이군."

나는 이미 츠바사 가문과 무관하다고 말할 수 없는 몸이었다. 츠바사 가문에 어둠이 없어서 정말로 다행이었다.

"그나저나 나이는 동갑에, 같은 잡지에서 데뷔를 하고, 사는 아파트까지 같다 이건가."

"전부 단순한 우연이야. 아, 같은 아파트에 사는 건 우연이 아닐지도."

"어? 사라가 유즈키에게 관심이 많은 것 같기는 했지만 설마 유즈키를 쫓아서 여기로 이사 온 거야?"

"그럴 리가."

아하하, 하고 유즈키가 쓴웃음을 지었다.

"세라의 아버지가 츠바사 가문의 관계자거든. 우리 산하 기업의 사장이랬나. 츠바사 가문의 소개로 이 아파트에 집을 구했다나 봐."

"그, 그렇군."

츠바사 가문은 이 집과 메이드들이 거주하는 옆집을 포함해 두 개의 층을 소유하고 있었다.

애초에 이 아파트 자체가 츠바사 가문과 관련된 건물로 짐작되는 중이었다. 따라서 사라의 아버지가 츠바사 가문의 관계자라면 이곳에 거주하는 게 우연이라 말하긴 힘들었다.

"다시 생각해 보니 기구하네. 세라랑 같은 아파트에 사는데 얼굴도 제대로 못 보고 지냈어. 내가 실렸던 패션 잡지도 안 읽은 지 꽤 됐고."

"나도 수개월을 살았는데 이번에 처음 만났어."

"이 아파트는 규모에 비해서 가구수가 적은 편이거든. 세라는 2층이라고 했었나. 다른 층에 살면 아예 만날 수가 없구나."

"그러게……. 그리고 어째선지 나까지 적대시하는 것 같던데, 굳이 마주치지 않는 게 좋을지도 몰라."

"나는 딱히 적대할 마음이 없는데 말이지. 라이벌이자 친구인 관계도 괜찮지 않아?"

"유즈키한테는 그게 어울리네."

나는 무심코 쓴웃음을 지었다.

유즈키는 웬만하면 사람을 좋게 보려고 했다. 그래서 누구와도 사이좋게 지냈다.

모델 일로 경쟁하긴 했어도 적이라고 생각하진 않았을 것이다.

"문제는 세라가 나를 멀리하는 것 같다는 거야. 얼마 전에 로비에서 만나기 전까지 정말 한 번도 못 만났거든. 세라가 일부러 나랑 마주치지 않으려고 피하고 있다고 생각해."

"…………."

생각해 보면, 굳이 이 아파트가 아니더라도 근처 다른 곳에서 마주칠 가능성도 충분히 있었다.

나도 한두 번쯤은 어디선가 사라와 스쳐 지나갔을지도 몰랐다. 아니, 틀림없이 스쳐 지나갔을 것이다.

"뭐, 세라는 나를 피하는 것 같으니 마사키가 나 대신 사이좋게 지내줘. 매번 츤츤거리지만 의외로 속마음은 데레인 경우가 많거든. 나쁜 애는 아니야."

"왠지 그럴 것 같더라."

그렇게나 까칠한 태도를 보였는데도 사라에게서 나쁜 인상은 받지 못했다.

도리어 친근한 분위기마저 느껴졌다.

"여자치고는 드물게도 나를 보고도 무서워하지 않았거든. 오히려 아리스 쪽이 더 나를 어려워했던 것 같아."

"그러고 보니 오늘은 아리스가 안 왔네? 스승과 제자 관계는 이제 끝난 거야?"

"설마. 아무리 아리스라도 매일 이곳을 찾아오진 않지. 언제 오겠다는 말도 못 들었고. 게다가…… 응?"

그때, 스마트폰에서 알람이 울렸다. 스마트폰을 확인해 보니 발신자는 유우였다.

"유우? 바로 옆집인데 왜 문자를…… 혹시 장을 보러 나간 건가."

"아, 이 시간대에는 종종 장을 보러 가더라. 그래서? 뭐래?"

"웬 사진이 첨부되어 있는데…… 뭐?! 이게 뭐야!"

"누구야, 이 사람?"

유즈키도 내 스마트폰을 들여다보며 고개를 갸웃했다.

유우가 찍은 사진에는 교복 차림의 아리스가 찍혀 있었다.

그리고 아리스 앞에는 가쿠란을 입은 장신의 금발 남성이 서있었다.

"도대체 누구지? 대놓고 무식해 보이는 녀석이네. 주변에는 부하들까지 데리고 있어."

"…………."

그랬다. 금발의 가쿠란 남성 주변에는 똑같은 교복을 입은 남성이 세 명 있었다.

아무리 봐도 아리스가 양아치 무리에게 둘러싸여 있는 상황이었다.

"'우연히 아리스 님을 발견했습니다. 마침 경찰관이 지나가서 아무 일 없이 끝났습니다만, 분위기가 심각하더군요'라……. 무사해서 다행이야. 확실히 일촉즉발의 분위기네."

"맞아. 위험한 놈이야."

나는 스마트폰 사진을 확대해 가쿠란을 입은 금발 남성의 얼굴을 제대로 확인했다.

그랬다. 틀림없었다.

"이 녀석, 쿠즈하라다."

"쿠즈하라? 마사키랑 아는 사이야?"

"같은 중학교를 나왔거든. 나랑도 몇 번인가 부딪힌 적이 있어. 중학교 때도 위험한 녀석이었는데, 고등학교에 올라가선 더 위험한 녀석들과 어울리고 있다는 소문을 들었어."

내가 다니던 중학교에 재학 중인 와카바가 제공해 준 정보였다.

와카바가 속한 세대에게도 쿠즈하라는 '위험한 선배'로 인식되고 있는 모양이었다.

"고등학교에 입학하자마자 정학을 당했다는 얘기도 들리더라."

"정학? 말썽이라도 일으킨 거야?"

"말썽이라는 건 너무 약한 표현이고……. 싸움 때문이야."

쿠즈하라는 중학교 시절부터 툭하면 싸우던 녀석이었고, 고등학교에서는 상급생을 입원시킬 정도로 큰 싸움을 벌였다고 한다.

적당히라는 말을 모르는 녀석이었다.

“헤에, 요즘 시대에도 치고받고 싸우는 학생이 있구나. 우리 고등학교는 평화로워서 다행이야.”

“평화가 제일이지.”

나도 고등학교에 들어온 뒤로는 본의 아니게 겁을 준 적은 있어도, 시비에 휘말린 적은 거의 없었다.

특히 교내에서 주먹을 휘두른 적은 한 번도 없었다.

학교 밖에서는 몇 번인가 있었지만.

“엇, 아직 뒤쪽에 안 읽은 문자가 있었어.”

“‘아리스 님과 아는 사이인 듯한데, 본인의 여자가 되라고 강요하고 있습니다. 명령만 하신다면 저와 아사가 츠바사 가문을 움직여 해결할 수도 있습니다’라니, 유우답네…….”

“자, 잠깐. 츠바사 가문이 이런 양아치나 상대할 만큼 한가하진 않잖아.”

“뭐 어때. 이런 양아치를 처리하는 것쯤 대수로운 일도 아냐.”

“됐어, 관둬. 츠바사 가문에 어둠은 없다면서. 폭력은 안 돼.”

유즈키와 후우카의 가문이 폭력적인 수단을 동원하게 만들고 싶진 않았다.

다만, 그렇다고 아리스를 내버려둘 수도 없는 노릇이었다.

“어쩌면 아리스가 내게 싸움을 배우려고 했던 건 이 쿠즈하라 패거리랑 엮였기 때문일지도 모르겠는걸.”

“아마 맞을 거야. 유우의 문자를 보니 이전부터 귀찮게 굴었던 것 같아. 아리스도 참. 미리 설명해 줬으면 좋았을 텐데.”

"우리를 휘말리게 하고 싶지 않았던 거겠지. 못 말려……."

내가 아리스에게 싸움을 가르쳐 준 것은 이러한 전후사정을 몰랐기 때문이다. 진상을 알아버린 지금, 멀리 돌아갈 필요는 없었다.

쿠즈하라가 위험한 녀석이라는 것은 나도 잘 알고 있다.

그렇다면…….

라면 가게, 진룡.

어디에나 있을 법한 평범한 가게지만 맛에는 나름대로 고집이 있었다. 그리고 지저분한 겉모습과 달리 가게 안은 청결했다.

아들로서 남몰래 자부심을 갖고 있지만, 아버지가 우쭐해할까 봐 굳이 입 밖에 내지는 않았다.

나는 진룡의 문을 열고 안으로 들어섰다.

지금 시각은 오후 다섯 시. 손님은 아직 많지 않았다.

"아버지."

"어서오세…… 뭐야, 나카바구만."

카운터를 보고 있던 아버지가 노골적으로 실망한 표정을 지었다.

손님한테는 친절하지만 아들한테는 자비가 없었다. 하지만 웃으면서 맞이해 주면 그건 그것대로 아니꼬울 것 같다.

"무슨 일이냐, 나카바. 향수병이라도 걸린 거냐?"

"나같이 생긴 녀석이 향수병을 앓을 리가 없잖아. 라면이나 한 그릇 줘."

"아앙?"
"됐으니까 라면 한 그릇만 달래도."
"우리 가게의 자랑인 차슈 라면을 추천하마."
"아들한테 비싼 거 추천하지 마."
아들을 상대로 돈을 벌 생각이 가득하군.
"어쩔 수 없지. 조금만 기다려라."
아버지는 그렇게 말한 뒤 라면을 만들기 시작했다.
집에서는 그저 게으른 아저씨지만 음식을 준비할 때만큼은 솜씨가 좋았다. 12년간 가게를 운영한 경력은 어디 가지 않았다.
"자, 라면 나왔다."
"고마워."
카운터석에 앉은 나는 감사를 표한 뒤 라면 그릇을 받아 들었다.
"잘 먹겠습니다."
나는 합장을 마치고 숟가락으로 국물을 한 입 맛보았다. 그리고 후루룩 후루룩 라면을 먹기 시작했다.
좋은 의미로든 나쁜 의미로든 예전과 다름없는 맛이었다. 어릴 적부터 수도 없이 먹어왔기 때문에 입에 잘 맞았다.
"후우, 잘 먹었습니다."
"아무리 부모 자식이라도 손님은 손님. 돈을 내라."
"말 안해도 낼 거였어"
진룡에서는 카드도, 인터넷 뱅킹도 사용이 불가능했다. 언제나 현금만 받았다.
나는 지갑에서 동전을 꺼내 라면값을 지불했다.

"매번 감사합니다, 손님."

"잘 먹었어, 아버지. 엄마랑 와카바한테도 안부 전해줘."

"……나카바. 기다려라."

"응?"

자리에서 일어나려는데 아버지가 나를 불러 세웠다.

"그렇잖아도 인상이 나쁜 네 얼굴이 평소보다 더 흉악해 보인다만. 사람이라도 죽이러 가는 거냐?"

"그럴 리 없잖아."

정답에 가깝긴 했지만 그렇다고 살인을 할 생각은 없었다.

"정말이냐? 오케하자마 전투를 앞두고 끼니를 때우는 오다 노부나가 같은 얼굴을 하고 있는데."

나도 드라마에서 오다 노부나가가 "인간 세계의 오십 년……" 이라는 내용의 아츠모리를 추고는 밥을 먹고 출진하는 신을 본 적이 있다.

"뭐, 너도 출가한 몸이니 애 취급은 안 하마. 마음대로 해라. 대신에 나는 책임 안 진다."

"책임감 없는 부모구만."

나도 무슨 짓을 저질렀든 아버지한테 책임을 떠넘길 생각은 없었다.

애초에 지금부터 하려는 건 부모의 책임을 운운할 만한 일도 아니었다.

단지 출발하기 전에 좋아하는 음식을 먹고 기합을 넣으러 왔을 뿐이다.

"오빠?"

"아, 와카바."

교복 차림의 여동생이 가게 문을 열고 들어왔다.

늘 하는 생각이지만 중학교 2학년답지 않은 어린 생김새였다.

"어서 와. 가게 문으로 들어오면 안 되지. 부모님 잔소리 못 들었냐."

"다녀왔어. 이쪽이 집이랑 가까워서 합리적이야."

"……그래."

내 여동생이지만 워낙 특이해서 이해하기 힘들 때가 많았다.

여동생에게 약한 아버지는 쓴웃음을 지을 뿐, 주의조차 주지 않았다. 딸바보가 따로 없다.

"오빠."

"응?"

"몸조심해, 오빠. 위험한 일을 할 생각이면 위험 요소를 철저히 뿌리 뽑는 게 좋아."

"엄청난 조언이구만."

와카바는 고성능 CPU를 두 개 장착한 듯한, 굉장히 뛰어난 지능의 소유자다.

평범한 사람은 나를 보고도 이상한 점을 못 느끼겠지만, 와카바는 약간의 변화로 모든 상황을 파악한 것이다. 와카바에게는 간단한 일이었다.

"다녀와."

"…………."

옆을 지나쳐 가던 와카바가 나를 와락 끌어안았다.
그리고 와카바는 다시 아무 일도 없었다는 듯이 가게 안으로 들어갔다.
기계처럼 쿨한 여동생치고는 보기 드문 행동이다.
어쩌면 내가 계속 츠바사 가문에 있어서 쓸쓸했던 것일까.
귀여운 여동생을 위해서라도 '위험한 일'을 무사히 끝내도록 해야겠다.

쿠즈하라에 대해서는 다른 고등학교에 진학한 지금도 어느 정도 알고 있었다.
와카바에게 들은 이야기도 있지만, 나와 시비가 붙은 양아치들이 묻지도 않았는데 종종 쿠즈하라라는 이름을 언급했기 때문이다.
"아…… 저긴가 보군."
나는 스마트폰으로 지도를 확인한 뒤 다시 주머니에 집어넣었다.
사용되지 않는 낡은 창고가 보였다. 쿠즈하라와 그 패거리들은 저곳을 아지트로 삼고 있는 듯했다.
지금까지는 최대한 저 창고에 접근하지 않으려고 했었다.
무서워서가 아니라 또 쿠즈하라와 얽히면 귀찮아지기 때문이다.
고등학교에 올라가서 더 날뛰기 시작한 녀석과 얽혀봤자 좋을 게 없었다.
하지만 아리스가 관련되어 있다면 이야기는 별개다.

이미 나에게 아리스는 후우카의 덤에 불과한 존재가 아니었다.

아리스가 양아치들 때문에 곤경에 처해 있다면 내가 해결해야 했다.

아리스가 훈련을 해서 양아치들을 쫓아낼 수 있게 된다면 그건 좋은 일이다.

하지만 나는 쿠즈하라 같은 녀석들이 아리스에게 접근하는 것 자체가 싫었다.

"다시는 나한테 접근하지 말라고 했을 텐데!"

"…………!"

창고 안에서 들려온 목소리에 나는 화들짝 놀라고 말았다.

이 목소리는 설마…….

"아리스!"

"어? 형님?"

포니테일의 소녀가 뒤를 돌아보았다.

아니나 다를까 창고 안에는 아리스가 있었다.

검은색 포니테일에 흰색 교복.

이미 날도 어두워지기 시작한 저녁 7시에 혼자서 이런 낡아빠진 창고에 와 있다니…….

"여기서 뭘 하는 거야, 아리스."

"형님이야말로 어째서 이곳에? 설마 나한테 GPS를 설치한 것도 아닐 테고."

"네가 질 나쁜 녀석들과 실랑이를 벌이는 광경을 유우가 우연히 목격했어. 경찰이 와서 무사히 잘 넘어갔던 거 아니었어?"

"으, 그걸 봤구나……. 전부 귀찮아져서 이 녀석들을 때려눕히고 정리해 버리려고 했었어. 형님 덕분에 자신감이 붙었거든."

"……하루밖에 안 지났는데 너무 성급한 거 아니냐."

혹시 아리스에게 싸움을 가르친 건 잘못된 판단이었을까?

설마 쿠즈하라 패거리의 아지트로 쳐들어올 줄은 상상도 하지 못했다.

"어이, 네놈들! 나를 내버려두고 둘이서만 뭘 궁시렁대는 거야!"

"이런, 깜빡했군. 나는 너희들이 다시는 함부로 아리스를 건드리지 못하도록 교육해 주려고 이곳에 왔다."

"…………."

어두컴컴한 창고에는 가쿠란 복장의 남자들이 여섯 명 있었다.

그중 한 명은 머리카락을 노란색으로 물들이고 있었다. 틀림없는 쿠즈하라였다.

이렇게 직접 보는 것은 오랜만이다. 중학교 때보다 더 멍청해 보이…… 아니, 위험한 분위기를 풍기고 있었다.

그래도 같은 중학교를 나온 사이니 올바른 길로 인도해 주는 게 좋지 않을까.

"쿠즈하라. 너 설마 졸업하고 조폭이라도 되려는 건 아니겠지?"

"아앙? 언제 봤다고 이름으로 부르는 거냐. 누구야, 넌."

"응?"

이런. 창고가 어두컴컴한 데다가 입구에서 들어오는 빛이 역광으로 작용해서 내 얼굴이 잘 보이지 않는 모양이었다.

"나다, 마사키. 마사키 나카바. 오랜만이네, 쿠즈하라."

"뭐? 마사키? 웃기지 마. 마사키가 이런 곳에 올 리가…… 헉, 진짜 마사키잖아! 어째서 여기에?!"

"그러게 나라고 말했잖아. 뭘 새삼스럽게 놀라는 거야."

앞으로 성큼성큼 걸어간 나는 아리스의 어깨를 붙잡아 내 뒤쪽으로 물러나게 했다.

"혀, 형님? 혹시 내가 걱정돼서 여기에 온 거야?"

"그 이유 말고 뭐가 있어. 뭐, 아리스가 여기에 있을 줄은 몰랐지만."

아리스도 어느 정도 양아치 세계의 지식을 알고 있었다. 차라리 모르는 게 나았을 텐데.

따라서 아리스가 쿠즈하라 패거리의 아지트를 알고 있어도 이상하지 않았다.

"이럴 수가……. 형님을 위험한 녀석들이 있는 곳에 찾아오게 만들다니……."

"나는 네 형님이자 훈련 코치잖아. 어떻게 내버려 둘 수 있겠어."

"꺄악."

나는 아리스의 커다란 엉덩이를 찰싹 때렸다.

완전 성추행이었지만 이 정도는 허용하는 관계가 되었다고 생각한다.

"혀, 형님, 갑자기 무슨……. 마음대로 만져도 되지만 좀 더 상냥하게……."

"그래, 미안. 어쨌든 지금은 뒤로 물러나 있어. 이 녀석들하고는 내가 담판을 지을게."

나는 퍽, 하고 손바닥에 주먹을 부딪쳤다.

제대로 싸우는 건 오랜만이지만 아리스와 훈련에서 몸이 둔해지진 않은 걸 확인했다.

여섯 명은 좀 많긴 하지만…… 뭐, 어떻게든 되겠지.

이래 봬도 나는 어릴 적부터 '얼굴이 무섭다'는 이유로 온갖 악동들과 부딪혀 온 몸이다. 그리고 그때마다 완력으로 문제를 해결해 왔다.

돌이켜 생각하면 한숨만 나오는 과거지만.

"어이, 여기가 어디라고 함부로…… 으악!"

나는 가까이 다가온 단발머리의 양아치를 쳐다보지도 않고 옆차기로 날려버렸다.

뒤쪽으로 날아간 그 양아치는 쾅 소리와 함께 벽에 부딪혔다.

이렇게 "상대할 가치도 없다"는 듯이 일격에 해치우는 것도 상대를 위협하는 테크닉 중 하나다.

"오오…… 여, 역시 형님이야. 사람을 사람으로 안 보고 있어. 마치 해충을 짓밟는 것처럼 차버리다니. 굉장해, 정말 굉장해."

"…………."

칭찬보다는 매도를 당하는 기분이지만 어쨌든 제자도 감동한 모양이었다.

"다, 다짜고짜 발로 차다니! 그게 사람이 할 짓이냐!"

"누구지, 저 녀석? 얼굴 좀 봐! 딱 봐도 위험하게 생겼어!"

"눈이 완전히 살인귀잖아! 어디 나이프 없어?"

"…………."

발길질 한 번 했다고 온갖 소리를 다 듣는구나.

그래도 이게 나에 대한 일반적인 반응이었다.

"기다려, 너희들. 이 녀석은…… 마사키 나카바다. 들어본 적 없냐?"

쿠즈하라가 입을 열었다.

그래도 나를 아는 녀석이라서 그런지 발길질 한 번으로 놀라거나 하지는 않았다.

"마사키라면…… 그, 그 녀석인가!"

"지, 진룡의 마사키 나카바!"

"남의 집 가게 이름을 폭주족 팀명처럼 말하지 마."

진룡이라는 이름은 폭주족 이름으로도 꽤 어울리기 때문에 괜히 더 화가 났다.

"참고로 우리 가게에는 손대지 않는 게 좋을 거야. 우리 아버지는 적당히라는 말을 모르거든. 어른스럽지 못해서 애들 상대로도 봐주는 법이 없어."

이건 협박이 아니라 사실이었다.

아버지는 나보다도 싸움을 잘하고, 고등학생을 상대로도 봐 주지 않았다.

그래도 일단은 어른이라서 고등학생을 때리면 '미성년자들 간의 싸움'으로는 수습이 불가능하기 때문에 가급적 가게에는 접근하지 말았으면 했다.

또한, 와카바에게 조금이라도 접근하면 나와 아버지라는 악마 콤비에게 철저한 응징을 당할 테니 이것도 권하고 싶지 않았다.

"마사키……. 오랜만이군. 중학교를 졸업한 이후로는 처음 인가?"

"드디어 인사할 생각이 들었나 보구나, 쿠즈하라. 설마 네가 아리스에게 접근할 줄은 몰랐어."

"흥. 나는 기가 센 여자가 취향이거든. 얘가 딱 그런 스타일이잖아. 힘도 세고 말이지."

"마조냐, 넌."

나는 아리스의 몸이 쿠즈하라의 시선에서 가려지도록 앞으로 한 걸음 내디뎠다.

나머지 다섯 명. 선제 공격으로 한 명을 줄인 건 럭키였다.

자, 그러면 슬슬 이 다섯 명을 때려눕혀 볼까. 최대한 다치지 않는 게 관건이다.

"쿠즈하라, 미안하지만 바로 시작하자고."

이곳에 오기 전, 내가 쿠즈하라를 때려눕히고 오겠다고 말하자 유즈키는 묵묵히 나를 보내주었다.

나를 믿고 츠바사 가문의 힘을 빌리지 않기로 한 유즈키의 결정이 무척 고마웠다.

"기다려, 마사키."

"뭐야, 쿠즈하라."

"너는…… 유우키 아리스의 뭐지?"

"글쎄. 스승이라고 봐야겠지."

"스, 스승?"

"농담으로 한 소리는 아냐. 싸우는 법을 가르쳐 주고 있거든.

여자를 싸우는 모습을 두고볼 수 없어서 내가 나서기는 했지만, 아리스는 강해. 아마 너희들 정도는 혼자서 해치울 수 있을걸."

나는 뒤쪽에 있는 아리스를 흘끔 쳐다보았다.

아리스는 감동한 듯 얼굴을 붉히고 있었다.

실제로 아리스가 다섯 명이나 되는 양아치를 쓰러트릴 수 있을지는 미지수지만.

"그렇군. 제자라……."

"맞아. 아리스는 내 소중한 제자다. 너희들은 손가락 하나도 대지 못하게 하겠어."

나는 성큼 앞으로 한 걸음을 내디뎠다.

쿠즈하라 주변의 양아치들도 겁먹은 얼굴로 걸어 나왔다.

의외로 근성이 있는걸, 이 녀석들. 내 얼굴과 방금 전의 발차기를 보고 전의를 상실한 줄 알았는데.

"다들 기다려!"

쿠즈하라가 주변의 양아치들을 제지하며 앞으로 나왔다.

"뭐야, 일대일로 붙자고? 고등학교에 들어가서 갈 데까지 가버린 줄 알았는데, 의외로 배짱이 있구나, 쿠즈하라."

"아니, 일대일로 싸울 생각은 없어."

"응? 뭐, 다섯 명이서 일제히 덤벼도 상관없어."

"그것도 사양하겠어."

"뭐야. 거절하기만 하고. 어쩌자는 건데, 쿠즈하라."

"대답은 당연히 정해져 있지."

그렇게 말하고는 한 걸음 더 다가오는 쿠즈하라.

"내가 잘못했어어어!"

쿠즈하라는 바닥에 머리를 박으며 개구리처럼 납작 엎드렸다.

"뭐, 뭐야."

"설마 유우키 아리스가 마사키의 여자였을 줄은 몰랐어! 용서해줘, 두 번 다시 그 여자한테 접근하지 않을게! 다른 멍청이 녀석들한테도 유우키 아리스에게 다가가지 말라고 단단히 일러둘게!"

"……여자가 아니라 제자야."

그나저나, 나는 근방에서 제일 위험한 양아치한테도 이 정도로 두려움을 사고 있었던 건가?

고등학교에서 사고를 일으켜 정학까지 당했던 녀석한테?

혹시 나는 이쪽 세계에서 쿠즈하라 이상의 위험 인물로 인식되고 있는 걸까?

어느샌가 다른 양아치들도 쿠즈하라와 함께 도게자를 하고 있었다.

"여, 역시 마사키 형님이야……! 앞으로 평생 따르겠어! 평생 형님의 덤으로서 살아갈게!"

"…………."

마침내 나한테도 덤이 생겨버리고 말았구나.

평생 덤으로 살아간다는 게 도대체 무슨 뜻일까. 왠지 무서웠다.

5. 쌍둥이가 집을 비운 동안에도 쉴 틈은 없는 모양입니다

눈앞에 하얀 치마가 있다.

나는 그것을 훌러덩 뒤집어 핑크색 팬티와 튼실한 엉덩이를 노출시켰다.

“치, 치마가 뒤집혔어. 창피해…….”

“이렇게 훌륭한 엉덩이가 있는데 치마를 뒤집지 않는다는 선택지는 없어.”

이곳은 츠바사 가문의 고급 아파트. 내 방.

침대에는 유우키 아리스가 엉덩이를 치켜든 채로 누워있었다.

오늘 아리스는 학교를 마치고 바로 이곳으로 왔기 때문에 교복차림이었다.

“하응, 엉덩이를 그렇게 세게 만지면……♡”

“이 튼실한 엉덩이는 역시 최고야……. 아무리 만져도 질리지가 않아.”

“마, 만지는 건 상관없지만…… 엉덩이, 움켜쥐지 말아줘…… 아앙♡”

내가 엉덩이를 덥석 움켜쥐자 아리스가 몸을 움찔 떨었다.

“그, 그렇게 주물러대면 이쪽에 집중할 수가 없어…… 아앗♡”

“아니, 충분히 기분 좋아…….”

“그, 그래? 그럼 계속…… 하음, 읍, 음으읍……!”

아리스는 내 바지에서 페니스를 꺼내 입으로 봉사해 주고 있었다.

내가 치마 밑의 엉덩이를 주무르는 동안, 아리스는 내 페니스를 입에 물고 열심히 빨아주고 있는 것이다.

"하앗, 아아…… 나, 이런 건 아직…… 서툴러서……."

"아뇨, 충분히 잘하고 있습니다. 입을 오므려서 강하게 빨면 좀 더 나을 겁니다."

"그, 그렇구나. 아사 씨…… 아니, 유우 씨였나?"

"유우입니다만, 어느 쪽이든 상관없습니다. 마사키 님 이외에는 구분하지 못하니까요."

침대 옆에는 메이드복 차림의 유우가 정좌하고 있었다.

오늘은 아사가 장을 보러 갔기 때문에 유우가 '훈련'에 어울려 주고 있었다.

"그, 그러면 입을 오므려서, 강하게…… 읍, 으읍…… 하읍…… 엉덩이를 주물러지면서 이런 짓을 하다니…… 아아앗!♡"

내가 팬티 속으로 손을 집어넣어 엉덩이를 강하게 움켜쥐자 아리스가 몸을 부들거렸다.

이 엉덩이는 정말로 최고다……!

나도 슬슬 한계가 가까워져 왔다.

"또, 또 커졌어…… 음, 하읍…… 으읍, 음으읍?!"

결국 나는 참지 못하고 아리스의 입속에 사정하고 말았다.

"미, 미안. 실수로 입속에다……."

"윽…… 괘, 괜찮아. 꿀꺽. 이렇게나 많이 나오는구나…… 꿀

꺽. 전부 삼킬게…….”

“…………..”

딱히 삼키라고 하지도 않았건만, 아리스는 삼키는 게 당연하다고 생각한 모양이었다.

아리스는 입속에 든 것을 전부 삼키고는 페니스 끝부분에 남아 있던 것까지 쪼옥 빨아들였다.

메이드가 옆에서 어드바이스를 해주고 있기 때문일까. 아리스는 남자의 물건을 빠는 게 낯설 텐데도 뒤처리까지 맡아주고 있었다.

“음, 추릅, 할짝…… 유, 유우 씨, 이렇게 하면 돼……?”

“네, 잘하고 계십니다. 쪽, 하고 키스를 하셔도 좋아요.”

유우가 쪽, 하고 내 페니스의 끝부분에 가벼운 키스를 했다.

흘러넘치려는 액체를 혀로 할짝 핥는 것도 잊지 않았다.

아리스의 엉덩이를 주무르면서, 입속에 사정하고, 청소를 받은 것으로도 모자라, 메이드까지 입으로 봉사해 해주다니.

훈련을 빙자해서 이런 행복을 누려도 정말 괜찮은 걸까?

“아, 아직 끝난 게 아니구나……. 형님, 좀 더 이것저것…… 가르쳐 줘.”

“그래요, 마사키 님. 아리스 님은 더 많은 것을 배우실 수 있을 것 같아요.”

유우가 내 페니스를 뿌리부터 스윽 핥아 올렸다.

나는 오싹한 쾌감을 맛보면서 다음에 해야 할 일을 생각해냈다.

"그렇네. 계속 엉덩이만 주무르면 아리스도 힘들 테지."

"오히려 기분 좋을지도……. 따, 딱히 엉덩이를 계속 만져도 상관없긴 한데…… 이, 이번에는 뭘 하려고?"

"허벅지. 아리스의 허벅지도 만지면 기분 좋을 것 같아."

"허, 허벅지? 나, 나는 허벅지도 굵어서 볼품없는데……. 미니스커트를 입고 다니면서 허벅지가 이렇게 굵다니……."

"이 정도는 굵은 축에도 못 껴. 부드럽고 탄탄한 허벅지야."

"히앗♡"

나는 아리스의 허벅지를 살살 쓰다듬었다.

"그런데 이 허벅지로 뭘 하려고……?"

"허벅지 사이에 끼워서 문질러 보려는데…… 괜찮을까?"

"사, 사이에 끼워서……. 아, 알겠어. 남자들은 그런 걸 좋아하는구나."

"…………."

내가 이 세상의 남자들을 대표한다고 말하긴 힘들었다.

왜냐하면 나는 아직 유즈키와 후우카 중 누구를 선택할지도 정하지 못했기 때문이다.

그래서 누구와 선을 넘을지를 먼저 정해야 했다.

즉, 그 전에 유즈키나 후우카가 아닌 다른 여성과 선을 넘을 수는 없었다.

선만 넘지 않으면 다 된다는 이야기는 아니지만, 다행히 유즈키와 후우카도 아리스와의 '훈련'을 인정해 주었다. 집에 있으면 함께 참가해 줄 정도였다.

그러니 나도 열과 성을 다해서 훈련에 임할 뿐이다.

"자, 그럼…… 이 자세로 괜찮겠어?"

"뒤, 뒷모습을 보여주는 건 부끄럽지만…… 사, 상관없어."

아리스는 팔다리를 침대에 짚고 허리를 들어 엉덩이를 뒤로 내밀었다.

나는 다시금 아리스의 치마를 젖혀 핑크색 팬티와 새하얀 엉덩이를 노출시켰다.

"시작할게, 아리스……."

"아, 알겠어…… 흑, 아앗……! 뜨, 뜨겁고 커다란 게 허벅지 사이에……!"

나는 아리스의 허벅지 사이에 페니스를 찔러 넣고 문질러 대기 시작했다.

오오, 이건……. 가랑이나 엉덩이에 문지를 때와는 또 다른 감각이다. 부드럽고 탄탄한 허벅지의 감촉이 굉장히 기분 좋았다.

"하응, 앗, 굉장…… 굉장해……! 앗, 형님, 그렇게 하면…… 아앗♡"

아리스의 입에서 달콤한 신음 소리가 흘러나오기 시작했다.

나는 허벅지의 포동포동한 감촉을 느끼면서 페니스를 강하게 문질러 나갔다.

여태껏 허벅지로 문지른다는 발상 자체를 해본 적이 없었건만……. 끝내주는 경험이다.

"마사키 님……♡"

"응? 유우, 왜 그래?"

"저도…… 훈련에 참가하고 싶어요. 부탁드려요……."

유우도 침대 위로 올라와 메이드복의 앞부분을 풀어 헤쳤다.

그런 다음 하얀 레이스 브래지어를 한 쪽만 젖혀 젖꼭지를 노출시켰다.

"젖꼭지가 벌써 단단해져 있어, 유우……."

"두 분이 저한테 계속 야한 모습을 과시했으니까요……. 자, 빨아주세요."

"알겠어."

나는 침대에 무릎을 꿇고 앉아있는 유우의 가냘픈 허리를 끌어안고 젖꼭지를 덥석 물었다.

"하앗…… 아앗♡ 마, 마사키 님, 그렇게 강하게 빠시면…… 아앙♡"

유우의 젖꼭지를 빨자 쿨하면서도 달짝지근한 목소리가 새어 나왔다.

나는 유우의 귀여운 젖꼭지를 쪽쪽 소리가 나도록 빨면서 아리스의 허벅지에 페니스를 문질러 나갔다.

"앗, 이번엔 가슴을…… 앙♡"

그리고 이번에는 브래지어로 덮여있는 유우의 반대쪽 가슴을 주물러 주었다.

미소녀 메이드의 젖꼭지를 빨고, 가슴을 주무르고, 페니스로 허벅지의 감촉을 만끽하고.

그게 전부가 아니었다.

"앗, 또 엉덩이를 만지고 있어♡ 앗, 엉덩이, 아앙♡"

나는 아리스의 엉덩이도 쓰다듬어 주었다. 때로는 강하게 움켜쥐기도 했다.

기분이 너무 좋아서 머리가 이상해질 것만 같다.

탄탄한 허벅지와 튼실한 엉덩이. 귀여운 핑크색 젖꼭지와 부드러운 가슴.

여기에 두 미소녀의 달콤한 목소리까지.

"하앗, 마사키 님…… 앗, 아앗, 제 가슴을 더욱더 괴롭혀 주세요♡"

메이드는 뺨을 붉게 물들이며 내 어깨에 매달렸다.

"내, 내 허벅지랑 엉덩이도 괴롭혀 줘……. 아앗, 나, 형님에 대해서 더 많이 알고 싶어……. 몸으로 가르쳐 줘♡"

아리스는 포니테일을 휘날리며 엉덩이를 부들거리고 있었다.

"크윽, 또 한계야……. 너무 만족스러워서…… 아리스, 유우!"

"으, 응. 언제든지 와줘, 형님……♡"

"마사키 님, 그대로 사정해 주세요……♡"

나는 두 미소녀의 말대로 하기로 했다. 내가 허리를 앞으로 내밀어 페니스로 허벅지 사이를 꿰뚫은 순간, 새하얀 액체가 뿜어져 나왔다.

몇 번을 싸도, 아무리 많은 양을 싸도 멈출 기미가 없었다.

"하앗, 아아…… 허, 허벅지가 더럽혀지고 있어…… 앗, 아앗♡"

나는 아리스의 허벅지 사이에서 페니스를 뽑아낸 뒤, 그 허벅지에 하얀 액체를 끼얹었다.

그리고 엉덩이에도 대량의 액체를 퍼부었다. 핑크색의 귀여운 팬티가 하얗게 더럽혀졌다.

"아아…… 보기 좋네요, 아리스 님. 저한테도 뿌려주셨으면 좋았을 텐데……."

"우왓!"

유우가 조심스럽게 손을 뻗더니 내 페니스를 움켜쥐고 위아래로 문지르기 시작했다.

아직 안에 남아있던 액체가 유우의 손길로 인해서 기세 좋게 뿜어져 나왔다.

"아앗, 아직도 뜨거운 게 쏟아져 내리고 있어! 형님의 뜨거운 액체가 내 엉덩이에……♡"

후우……. 이 정도면 아리스도 어느 정도 남자의 몸에 적응하지 않았을까.

중간부터는 그 목적조차 잊어버렸던 것 같지만.

그만큼 아리스의 튼실한 허벅지와 엉덩이는 최고였고, 유우의 가슴과 젖꼭지도 훌륭했다.

"그래서, 아리스. 이제 다 괜찮은 거야?"

"응."

나는 옆에 누워있는 아리스의 엉덩이를 쓰다듬으며 물었고, 아리스는 고개를 끄덕이며 대답했다.

"어제 길거리를 걸어 다녀 봤어. 평소 같았으면 질 나쁜 양아치들이 무조건 다가오는데, 이번에는 아무 일도 없었어. 너무 기뻐서 울음이 나올 것 같더라……."

"그랬구나……."

아리스는 거의 매일같이 양아치들과 트러블을 겪었던 건가.

그 정도인 줄 알았다면 훈련 대신 곧바로 쿠즈하라 일당을 혼내주러 갔을 텐데.

"저희 쪽에서도 확인을 마쳤습니다."

반대쪽에 누워있던 유우가 내게 가볍게 키스를 한 다음 입을 열었다.

"예의 쿠즈하라라는 고등학생이 정보를 확산시키고 있는 모양입니다. 유우키 아리스 님을 포함한 마사키 나카바 님의 지인들에게 접근하지 말라고 말이죠."

"의외로 일처리는 확실하구나, 쿠즈하라 녀석."

쿠즈하라가 그 정도로 나를 무서워하고 있을 줄은 몰랐다.

그래도 이 흉악한 얼굴과 싸움 실력 덕분에 아리스가 구원받을 수 있었다.

솔직히 나는 얼굴에 콤플렉스를 갖고 있었지만 가끔은 이 얼굴도 도움이 되는 모양이었다.

"마사키 형님 덕분이야. 이걸로 나도 평화로운 생활을 보낼 수 있어……. 정말로 고마워."

쪽, 하고 아리스가 내 뺨에 키스를 했다.

그러고는 나를 꽉 끌어안았다.

나는 아리스의 엉덩이와 허벅지를 쓰다듬으면서 아리스의 몸을 강하게 마주 안았다.

아리스가 나의 '덤'이 된 것이 무의미하지 않게 느껴지는 대목이었다.
일단 이걸로 아리스의 문제는 일단락이 났다고 봐도 되겠지.
"응?"
문득 정신을 차리자 옆에 누워있던 유우가 나를 지그시 쳐다보고 있었다.
"왜 그래, 유우?"
"아뇨, 아무것도 아닙니다. 지금은 아리스 님을 귀여워해 주세요."
"…………."
아무래도 뭔가 있는 듯했다.
하지만 나는 야한 짓을 해주는 이 미소녀들을 위해서라면 할 수 있는 건 뭐든지 할 생각이었다.
유즈키와 후우카가 최우선이긴 하지만, 아사와 유우, 리나와 나라카, 그리고 아리스까지.
세 쌍둥이와 쌍둥이가 아닌 한 명의 미소녀를 위해서라면 나는 무엇이든 할 각오가 되어 있었다.

"어? 유즈키와 후우카가?"
"네. 오늘은 본가에서 머물 예정이라고 하십니다."
아리스는 이미 집으로 돌아갔다.
이후 혼자서 저녁 식사를 마치자 아사와 유우가 내 옆에 서서 보고해 왔다. 참고로 나 혼자서 저녁을 먹는 건 흔치 않은 일이었다.

"잠깐. 설마 츠바사 가문 측에서 뭔가……."

"아뇨. 오랫동안 가문을 섬긴 사용인의 생일을 축하하기 위해서입니다."

"생일 축하라……."

나는 아사의 말을 듣고 고개를 갸웃했다.

보통 사용인의 생일이라고 숙박까지 하나?

"평소 사용인들은 아가씨들과 식사를 하지 않지만, 생일에는 예외입니다. 두 아가씨가 사용인들과 함께 식사를 함으로써 생일을 기념하는 것이죠."

"헤에, 그런 관습이……."

아사의 설명에 따르면 생일을 맞이한 것은 초로의 여성 사용인이라는 듯했다. 츠바사 자매는 한동안 본가에 돌아가지 않고 있기 때문에 이런 행사만큼은 제대로 챙겨주고 싶다는 모양이었다.

"하룻밤 자고 올지 고민하시느라 마사키 님께 전해드리는 게 늦었습니다."

"그렇구나. 그런 사정이라면 자고 오는 게 맞겠지."

유즈키와 후우카가 본가로 돌아가는 것이 이래저래 불안하긴 했지만 사용인을 축하해 주기 위해서라면 어쩔 수 없었다.

츠바사 자매는 사용인들을 소중히 여기는 듯했다.

아사와 유우를 가족처럼 대하는 점만 봐도 쉽게 알 수 있었다.

"그런 고로…… 오늘 밤에 한해서 저희 메이드들에 대한 명령권이 마사키 님께 위임되었습니다."

"물론 저희는 마사키 님의 명령에 따르고 있습니다만, 기본적으로 명령 우선권은 유즈키 아가씨와 후우카 아가씨께 있습니다. 그것이 오늘 밤에 한해서 해제되었다고 생각해 주세요."

"괜히 부담스럽네."

나는 쓴웃음을 지었다.

딱히 메이드들에게 명령할 생각은 없지만, 이 메이드들은 명령받는 데서 기쁨을 느꼈다.

오히려 내가 명령해 주기를 원하는 것처럼 보일 정도였다.

다만…….

"그러면 오늘 밤은 두 사람 모두 비번이다."

"비번? 그게 무슨 말씀이신가요."

"비번? 메이드한테 휴가 같은 건 필요하지 않습니다."

"당연히 필요하지! 메이드도 쉴 때는 쉬거든? 매일같이 일하면 몸이 망가져!"

이 은발의 쌍둥이 메이드들은 진심으로 저런 소리를 하니 무서웠다.

두 사람은 내 말에 당황했는지 나란히 고개를 갸웃했다.

"유즈키랑 후우카도 즐겁게 생일 파티를 즐기러 간 거잖아. 아사와 유우도 푹 쉬도록 해. 나도 아침까지 혼자서 빈둥거릴 테니까. 굳이 말하자면 이게 내 명령이야."

""분부대로 하겠습니다.""

아사와 유우는 스커트를 집어 올리며 우아하게 인사했다.

나도 궤변이 많이 늘었구나.

하지만 이렇게라도 하지 않으면 아사와 유우는 업무를 쉬지 않을 것이다.

오늘은 나도 푹 쉬기로 했다.

아리스의 훈련과, 불발로 끝난 쿠즈하라와의 결전 등으로 인해 정신적으로도, 육체적으로도 다소 피곤했다.

생긴 게 무섭고, 몸이 튼튼하고, 싸움을 잘한다고 해서 피로를 느끼지 못하는 건 아니다.

"후우……."

거실에서 나와 방으로 돌아간 나는 침대에 털썩 드러누웠다.

아리스의 상황도 아직은 조금 더 지켜봐야 할 테고, 리나와 나라카가 잘 지내는지도 가끔씩 확인해야 했다.

메이드들도 오늘 하루 쉬는 것만으로 피로가 다 풀리진 않을 것이다.

츠바사 자매와 상담해서 메이드들에게 정기적으로 휴가를 달라고 할 생각이다.

그리고 무엇보다 후우카를 어떻게 해야 할지가 고민이었다.

"후우카는 덤에서 졸업한다고 했지……. 정말로 유즈키를 추월할 생각일까?"

아직도 후우카의 의도가 잘 파악되지 않았다.

유즈키는 듀얼 트윈즈의 효과로 후우카의 마음을 읽을 수 있다. 그 유즈키에게서 당황한 기색이 느껴지지 않는 걸 보면 그렇게 급한 문제는 아닐지도 몰랐다.

"후우카도 나한테 아무것도 요구하지 않고 있고 말이지."

오히려 본인보다 아리스의 문제 해결을 우선시했을 정도다.

"마사키 님."

"어? 앗, 유우구나."

어느샌가 방문이 열려있었다. 방 안에는 은발의 메이드 한 명이 들어와 있었다.

유즈키와 후우카는 물론이고, 아사와 유우에게도 내 방에 자유롭게 출입해도 된다고 허락해 놓은 상태다.

"……그런데 그 차림은 뭐야?"

"이건 제가 개인적인 용도로 입는 메이드복입니다."

"개인적인 용도로 입는 메이드복?"

내 방에 나타난 유우는 평소와는 조금 다른 복장을 하고 있었다.

은색 머리 위에 착용한 카츄사는 그대로였다.

하지만 그 아래의 메이드복은 기존과 다른 화려한 핑크색이었다. 상의는 목둘레가 벌어져 있어 가슴골을 훤히 드러냈고, 치마도 허벅지가 드러날 정도로 짧았다.

"메이드가 저택에서 이런 복장을 입고 일하면 주인은 신경이 쓰여서 아무것도 손에 잡히질 않겠는걸……. 해고당할지도 모르겠어."

"그래서 개인적인 용도로만 입고 있습니다. 업무 중에 이런 메이드복을 입으면 언니에게 단단히 혼날 거예요."

"확실히 요루라면 그런 부분에서 엄격할 것 같네."

아사와 유우의 언니인 요루는 나와 대면했을 당시 정중한 말투로 온화한 캐릭터를 연기했지만, 실제로는 무서운 여자였다.

요루에게 혼난다는 말을 들었을 뿐인데 나까지 무서워졌다.

"그러니…… 언니한테는 비밀로 부탁드릴게요."

"…………!"

유우가 내게로 다가와 얼굴을 가까이 들이댔다.

평소와 다름없이 인형처럼 무표정했지만, 역시나 얼굴은 몹시 예뻤다.

은색의 신비한 머리색과 맞물려 마치 이 세상 사람이 아닌 것처럼 느껴졌다.

"너, 넌…… 개인 시간에도 메이드복을 입는 거야?"

"마사키 님은 평소의 메이드복과, 저희의 교복 차림밖에 못 보셨으니까요. 가끔은 새로운 모습을 보여드리지 않으면 질리실까 봐서요."

"질리다니. 그럴 일은 없어."

이런 초절정 미소녀에게 질리는 남자가 존재하기는 할까?

솔직히 말해서 핑크색 메이드복은 메이드 카페 같은 수상한 가게에서 입을 것처럼 생겼지만, 그럼에도 은발 미소녀에게는 너무나 어울렸다.

게다가 유우는 몸을 앞으로 숙이고 있었는데, 덕분에 깊은 가슴골이 또렷이 보였다.

유즈키와 후우카의 가슴 사이즈는 90cm. 아사와 유우는 그보다 약간 작은 88cm로, 그라비아 아이돌급의 가슴이었다.

"오늘 밤에는…… 아가씨들을 위한 '연습'도 쉬는 건가요?"

"다, 당연히 그렇게 되겠지."

나는 오늘 밤 아사와 유우에게 휴가를 주었다. 따라서 늘 하던 야한 연습도 쉴 생각이었다.

“마사키 님은 매일같이 아가씨들을 사랑해 주고 계시죠. 저와 아사는…… 메이드로서가 아닌 사적으로도 유즈키 아가씨와 후우카 아가씨를 가족처럼 생각하고 있습니다.”

“그 녀석들도 아사와 유우를 가족이라고 생각하고 있을 거야.”

아가씨와 메이드라는 입장상 평소에는 이런 말을 입에 담기 힘들 것이다. 하지만 오늘은 휴가 중이라서 예외였다.

“마사키 님.”

유우는 그렇게 말하더니 침대로 올라와 무릎을 꿇고 앉았다.

“그러니 아가씨들을 위해서 늘 저희들과 연습해 주시고 있는 마사키 님께 감사를 표하고 싶습니다.”

“유, 유우?”

유우는 메이드복의 미니스커트를 스르륵 들어 올렸다.

야시시한 검은색의 레이스 팬티가 모습을 드러냈다.

“유우가 이렇게 야한 팬티를 입다니, 별일이네…….”

“메이드는 지나치게 화려한 복장을 입으면 안 되니까요. 속옷도 마찬가지입니다. 하지만 마사키 님이 야한 속옷을 입으라고 명령하신다면 앞으로 이런 팬티를 입도록 하겠습니다. 만약 두 아가씨의 명령과 충돌하면 두 아가씨의 명령을 우선하게 되겠지만 말이죠…….”

“유즈키랑 후우카가 너희에게 특정한 팬티를 입으라고 명령할 것 같지는 않은데.”

“그렇습니다. 원하시는 팬티를 말씀해 주신다면 언제든지 입도록 하겠습니다."

"앞으로가 기대되는걸……."

"네. 오늘 밤은 이 속옷으로 즐겨주시기 바랍니다."

유즈키는 얼굴을 앞으로 내밀어 내 뺨에 키스했다.

"쪽……. 아가씨들께서 싫어하실까 봐 입술에 하는 키스는 자제하고 있습니다."

"그랬었구나."

그러고 보니 유즈키나 후우카 이외의 사람과는 입맞춤을 한 적이 없었던 것 같다.

유즈키와 후우카의 성격상 그런 걸 신경 쓸 것 같지는 않지만…….

"대신에 이런 대화를 나눴습니다."

유우가 스마트폰을 꺼내 들어 내게 화면을 보여주었다.

LINE의 채팅창이 표시되어 있었다.

「유우 : 마사키 님과 키스 연습을 해도 괜찮을까요?」

「유즈키 : 상관없어.」

「유즈키 : 키스가 능숙해지도록 연습시켜 줘.」

"……대인배구나, 내 여자친구는."

하지만 그렇게 생각하기도 잠시. 아직 내용이 남아있었다.

「유즈키 : 만약 마사키가 바람을 피우더라도 키스까지는 관대

한 마음으로 용서해 줄 수 있거든.」

「유즈키 : 하지만 마지막 선까지 넘으면 아무리 유우라도 해고 당할 줄 알아♡」

"진짜로 해고할 거 같아서 무섭네."

"유즈키 아가씨는 농담으로 해고라는 말을 입에 담으실 분이 아닙니다. 그래도 키스까지는 괜찮은 모양이에요. 유즈키 아가씨의 허락이 떨어졌으니 후우카 아가씨도 허락해 주실 거라고 생각합니다."

"그렇겠네."

두 사람은 운명의 쌍둥이다. 따라서 어떤 행동을 하든 비슷한 양상을 보였다.

듀얼 트윈즈라서 감정 또한 공유하고 있었다.

유즈키가 허락하면 후우카 또한 허락한다는 뜻이다.

"그러면 실례하겠습니다……."

"오……!"

"으음, 쪽, 하음……♡"

유우가 내 뺨을 붙잡고 입술에 키스를 했다.

입술이 닿자 유우는 금세 혀를 집어넣었다. 나는 그 혀를 가볍게 빨았다.

"후아……♡ 키스는 이번이 처음이에요. 이렇게 기분 좋은 거였군요."

"조, 좋았다니 나도 기쁘네. 좀 더 해볼까."

"네……. 하읍, 음, 쪽, 으음, 읍♡"

유우는 몇 번이고 입술을 포개며 혀를 휘감아 왔다.

유우의 혀에서는 달콤한 맛이 났다. 나는 그 맛에 이끌려 유우의 몸을 꽉 끌어안았다.

"하, 하아…… 마사키 님…… 하음♡"

쪽, 하고 마지막 키스를 나눈 뒤, 유우도 나를 끌어안으며 내 몸에 올라탔다.

"마사키 님."

"왜 그래?"

"오늘 밤은 비번이니 평범한 여자아이로서 한 말씀 올려도 괜찮을까요."

"굳이 나한테 허락받을 필요는 없어."

내가 그렇게 대답하자 유우는 다시 몸을 일으키더니 내 허벅지 위에 걸터앉았다.

"사실, 전 화가 나 있는 상태예요."

"어? 유우가? 유우한테 분노라는 감정이 있었어?"

"…………."

유우가 싸늘한 눈으로 날 지그시 노려보았다.

그러고 보니, 방금 전 아리스와 침대에서 뒹굴 때 의미심장한 눈으로 나를 쳐다봤었지.

그랬다. 유우도 사람이니 화를 내는 건 당연했다.

화난 표정을 본 적은 아직 한 번도 없지만.

"얼마 전의 쿠즈하라라는 분과 관련된 일 때문이에요."

"어째서 유우가 그 일을 마음에 두고 있는 거야?"

"마사키 님께서 아리스 님을 구해주신 것은 물론 훌륭한 행동이었어요. 하지만 그건 쿠즈하라라는 인물이 하는 짓에 비해 겁쟁이였기 때문에 잘 풀린 거예요. 만약 그 사람에게 2, 30명의 동료가 있었다면 어쩔 생각이었나요?"

유우가 얼굴을 들이대며 물었다.

확실히 유우의 눈매가 평소보다 조금 더 사나워진 듯 보였다.

"그, 그래서 화가 났던 거야?"

"너무 무모했어요. 저희한테 부탁했다면 적절히 처리했을 텐데……. 이래 봬도 저희 나가미 가문은 츠바사 가문을 섬기는 중신 가문이에요."

"중신이라니. 에도 시대도 아니고."

"츠바사 가문의 측근을 배출하는 가문이니 에도 시대와 크게 다르진 않죠. 어쨌든, 나가미 가문의 후계자인 저희라면 불량 학생 집단 한두 개쯤은 간단히 제압할 병력을 모을 수가 있어요."

"이번에는 전국 시대가 돼버렸군."

그래도 유우의 말에는 일리가 있었다. 츠바사 가문에 부탁했다면 오히려 평화롭게 문제를 해결할 수 있었을지도 모른다.

반대로 나는 쿠즈하라의 패거리 중 한 명을 걷어차서 부상자를 내고 말았다.

만약 츠바사 가문에서 거친 사람들을 모아 협박을 했다면 쿠즈하라는 울면서 목숨을 구걸했을 것이다.

"무모한 짓은 안 돼요. 만약 마사키 님께 무슨 일이라도 생긴다면, 전…….”

“…………”

유우가 다시금 내게 키스를 해 왔다.

그리고 이번에는 핑크색 메이드복을 풀어 헤치고 가슴을 드러냈다.

브래지어는 착용하지 않고 왔는지 곧바로 생가슴이 노출되었다.

“저, 이번에는 정말 화났어요. 그러니 오늘은 마사키 님의 여기를…… 제 가슴으로 혼내드릴 거예요.”

“우왓……!”

유우는 내 바지에서 페니스를 꺼내더니 88cm에 달하는 본인의 가슴 사이에 끼웠다.

“이걸로 끝이 아니에요……. 입으로도, 하음, 춥, 으음…….”

유우는 가슴을 위아래로 문지르면서 페니스의 끝부분을 입에 넣고 빨기 시작했다.

“유, 유우, 혼내는 것치고는 기분이 너무 좋은데……! 우오오!”

가슴의 압력도 대단했지만 혀놀림 또한 굉장히 야릇했다.

이대로 가다가는……!

“자, 잠깐만, 유우! 더는……!”

“먼저 한 발이에요. 제 가슴으로…… 꽉 쥐어짜 드릴게요♡”

“윽……!”

나는 강렬한 자극을 견디지 못하고 단번에 새하얀 액체를 토해냈다.

“꺄악, 앗, 이렇게나 많이…… 앗, 하윽♡”

뿜어져 나온 흰 액체가 유우의 예쁜 얼굴을 더럽혔다.

내 페니스를 압박하고 있는 가슴골에도 잔뜩 쏟아져 내렸다.

“후아……. 방금 전에 아리스 님과 훈련을 하셨는데도 벌써 이만큼 회복되어 있으셨군요. 바람직한 일이에요.”

“저, 정말로 바람직한 일일까? 윽…….”

유우는 당연하다는 듯이 내 페니스에 남아있던 액체를 빨아들이고, 마무리로 혀를 이용해 청소까지 했다.

“추릅…… 할짝, 할짝……♡ 당연하죠. 지금 마사키 님은 두 아가씨를 동시에 상대해야 하는 입장이니까요. 바로바로 회복해서 두 아가씨를 만족시켜 드린다면 저도 기쁠 거예요.”

“……지금 유우는 비번이잖아. 메이드가 아니라.”

“참, 그랬죠. 항상 메이드로 있느라 깜빡했어요. 한 가지 사실이 더 생각났는데, 저는 마사키 님한테 화가 난 상태였어요. 그러니…… 좀 더 괴롭혀 드릴게요.”

“이, 이봐…….”

유우는 가슴을 떼어내더니 내 페니스를 목구멍 깊숙이 집어삼켰다.

그러고는 머리를 위아래로 빠르게 움직여 원래 위치로 복귀했다가 뿌리까지 삼키길 반복했다.

입으로 하는 봉사에 상당히 능숙해졌는지 움직임도 리드미컬했고, 기분 좋은 부분도 정확하게 자극해 왔다.

“또 이렇게 커지다니…… 몇 번이든…… 몇 번이든 싸게 해드릴게요……♡ 밤새도록 마사키 님한테 벌을 줄 거예요.”

"저도 벌을 주고 싶군요. 몰래 새치기를 한 유우에게."

"……아사?"

어느샌가 침대 옆에 아사가 서 있었다.

유우와 완전히 똑같은 얼굴에 똑같은 몸매. 메이드복까지 똑같았다.

"어라? 그 핑크색 메이드복은 유우가 개인적인 용도로 산 거 아니었어? 아사도 우연히 똑같은 걸 구입한 거야?"

"아쉽지만 저희는 운명의 쌍둥이가 아니기 때문에 우연히 같은 옷을 사거나 하지는 않습니다. 유우가 제 몫까지 사서 선물한 겁니다."

"네, 저도 모르게 그만……. 저희는 예전부터 옷을 살 때 두 벌씩 사는 게 버릇이었거든요."

"엄청난 버릇이네."

유우가 핑크색 메이드복을 두 벌 구입해 아사에게 건네준 듯했다.

"그렇게 된 겁니다. 유우. 저도 함께해도 될까요?"

"어쩔 수 없네요. 새치기는 즐거웠지만 아사의 부탁을 거부하면서까지 즐기고 싶지는 않으니까요."

"정해졌군요. 마사키 님, 키스 허가를 받았다고 들었습니다."

"정보 유출이 심하구만. ……앗."

아사가 침대 위로 올라와 내게 키스를 했다.

오오, 부드럽다. 심지어 유우와 완전히 똑같은 감촉이다.

그러면서도 조금 다른 듯한 기분이 들었다.

"마사키 님? 혹시 저와 아사의 입술 감촉까지 구분이 가능하신 건가요?"

"……아니. 그냥 기분 탓일지도. 얼굴처럼 확실하게 느껴지진 않아."

"그러면 한번 시험해 볼까요."

유우가 손바닥을 내밀어 내 눈을 가렸다.

곧이어 나는 쪽, 쪽, 하고 두 번의 키스를 받았다.

"……처음이 유우, 다음이 아사야."

"어떻게 할까요, 아사?"

"어떻게 할까요, 유우?"

"왜, 왜들 그러는데."

내가 그렇게 되물은 순간, 눈을 가리고 있던 손바닥이 사라졌다.

그리고 두 사람이 다시 한번 쪽, 쪽 키스를 했다.

"답안이에요. 아시겠나요?"

"솔직히 스스로도 놀랐어. 아무래도 정답인가 보네."

얼굴을 보면서 키스를 받으니 감촉의 차이가 뚜렷하게 느껴졌다.

"맞습니다, 정답이에요. 거짓말로 대답할까 하다가 관뒀습니다."

"그래서 어떻게 할지 의논한 거냐. 나를 속여서 무슨 이득이 있다고……."

이 메이드들은 가끔씩 의미 없이 나를 괴롭히곤 했다.

"아, 그렇지. 모처럼 좋은 기회니…… 유우, 괜찮겠어요?"

"네. 그렇게 하죠 ,아사."

은발의 메이드는 얼굴을 맞대고 고개를 끄덕이더니, 각자의 스마트폰을 꺼내 들었다.

"마사키 님…… 쪽♡"

아사가 내 입술에 키스를 하고, 유우가 그 모습을 스마트폰으로 촬영했다.

다음으로 유우도 내게 키스를 하고, 이번에는 아사가 스마트폰으로 촬영했다.

"키스를 허락받은 기념으로 유즈키 아가씨와 후우카 아가씨에게 사진을 전송해 두겠습니다."

"도대체 뭘 위해서?!"

아무래도 진심으로 한 말이었는지 아사와 유우 모두 스마트폰을 조작하고 있었다.

유즈키와 후우카는 이 사진을 보고 어떻게 생각할까……. 하긴, 안 봐도 뻔했다. 두 사람은 웃기다며 즐거워할 것이다.

"자, 그럼 아가씨들을 도발하는 것도 끝났겠다……."

"도발한 거였어?!"

설마 쓸데없는 메시지를 첨부한 건 아니겠지?!

기분 탓인지 아사와 유우가 어렴풋이 웃고 있는 것처럼 보였다. 특히 유우 쪽은 입꼬리가 말려 올라간 듯이 보였다.

이 메이드들은 가끔씩 이렇게 짓궂은 행동을 한다니까.

"저와 아사를 함께 귀여워해 주세요……. 오늘은 비번이니 마음대로 하셔도 좋습니다."
"비번이 아니라도 늘 마음껏 하게 해주잖아."
아사와 유우. 핑크색 메이드복을 입은 두 사람이 침대에 벌러덩 드러누웠다.
두 사람 모두 메이드복의 상의를 풀어 헤쳐 생가슴을 드러내고 있었다. 미니스커트도 반쯤 말려 올라가 있어 검은색 팬티가 살짝 엿보였다.
"너무 야한걸. 두 사람 모두……."
나는 두 사람의 풍만한 가슴을 하나씩 잡고 주물렀다.
"그건 그렇고, 별일이네요."
"뭐가?"
"아리스 님 말이에요."
"아리스?"
왜 갑자기 여기서 아리스의 이름이 튀어나오는 거지?
"이렇게 쌍둥이를 한꺼번에 귀여워할 수 있는 건 마사키 님의 특기이자, 마사키 님만의 특권이에요. 하지만……."
"마사키 님께서 쌍둥이가 아닌 여성을 총애하시다니."
"총애?!"
내가 왕후 귀족이라도 되는 건가?
"쌍둥이도 아닌 여성과 친하게 지내실 줄은…… 상상도 하지 못했어요."
"어? 잠깐. 유우?"
유우가 내 페니스를 움켜쥐더니 본인의 은밀한 부위로 가져

갔다.

그런 다음 치마를 들어 올리고, 검은색 팬티를 옆으로 젖혔다.

"뭐, 뭘 하는 거야?"

"그래서…… 아리스 님이나 아가씨들보다 먼저 선을 넘는 것도…… 가능할지 모른다는 생각이 들었습니다."

찌걱, 하는 소리와 함께 페니스의 끝부분이 유우의 은밀한 부위에 닿았다.

"유우, 무슨 생각을 하는 건가요."

바로 그때, 아사가 유우의 손과 그 손에 붙잡힌 내 페니스를 덥석 움켜쥐었다.

그리고 아사는 내게서 유우를 조금 떨어트려 놓았다.

위, 위험했다……. 정말로 넣어버릴 뻔했어……!

"아쉽네요. 혼란한 틈을 타서 마지막까지 가버리려 했는데."

"이, 이봐, 유우. 농담이 지나쳐. 방금 전에 유즈키한테서 문자를 받았잖아. 만약 선을 넘어버리면……."

"즉, 해고를 감수하면 마사키 님과 선을 넘어도 괜찮다는 뜻 아닌가요?"

"…………."

그럴 리가 없었다.

유즈키는 유우가 나와 선을 넘을 것이라고는 꿈에도 생각하지 않을 테니까. 어디까지나 농담으로 한 말일 것이다.

"어쩔 수 없군요. 오늘 밤은 가슴과 엉덩이…… 그리고 가슴으로 참아주세요."

"잘 생각했습니다, 유우. 저희는 메이드로서 분수를 지켜야 하니까요. ……자, 마사키 님."

아사와 유우는 본인들의 커다란 가슴을 밑에서 떠받쳐 들어 올렸다.

나는 혀끝으로 아사의 젖꼭지를 핥고, 손으로 유우의 가슴을 주물렀다.

"오늘은 잔뜩 서비스를 받기로 할까……. 그렇지 않으면 방금 전의 장난을 잊어버리기 힘들 것 같아."

"네. 잔뜩…… 서비스해 드릴게요."

"장난인지 아닌지…… 가르쳐 드릴게요."

아사와 유우는 몸을 일으켜 가슴을 맞댔다. 그런 다음 그 중심에 내 페니스를 끼우고 문지르기 시작했다.

내 페니스가 부드러운 압력을 받으며 절정을 향해 치달아 갔다.

아무래도 오늘 밤은 메이드가 아닌 아사와 유우라는 두 명의 미소녀와 철저하게 즐겨야 할 듯하다.

정말로 철저하게 즐기지 않으면 방금 전의 장난 때문에 악몽이라도 꿀 것만 같았다…….

6. 쌍둥이 언니에게는 특이한 친구가 많은 모양입니다

유즈키와 후우카는 결국 3일 동안이나 집으로 돌아오지 않았다.

유우의 설명에 따르면, 본가로 돌아간 두 사람은 그동안 밀려 있던 일정을 소화해야 했다고 한다.

"두 아가씨는 이미 츠바사 가문의 업무를 일부 이어받고 계시거든요."

그런 이유로 유즈키와 후우카는 처리해야 할 '업무'가 있다고 한다. 아직 태반이 형식적인 업무이긴 하지만.

라면 가게의 자식인 나는 양파조차 제대로 깐 적이 없건만, 부잣집 부모님은 이른 시기부터 권력을 양도를 시작하는 모양이었다.

그래도 학교에서는 두 사람의 얼굴을 보기도 했고, 오늘 밤에는 돌아올 예정이라고 한다.

다만, 유즈키는 용건이 있어서 후우카만 먼저 돌아올 것이라는 모양이다.

참고로 요 3일간 아사, 유우와 문드러진 나날을 보냈기 때문에 솔직히 조금 뒤가 켕겼다.

특히 유우는 장난이 아니었다. 아침부터 내 물건을 빠는가 하면, 집으로 돌아오기가 무섭게 가슴으로 파이즈리를 해주었다.

깨가 쏟아지는 신혼부부라도 이렇게 마구 해대지는 않을 것이다.

어쨌든, 집에 있으면 아사와 유우의 몸에 빠져서 아무것도 할 수가 없었다.

오늘은 학교에서 돌아와 보니 아사와 유우가 장을 보러 갔는지 집에 없었다.

아쉬운 것 같기도 하고, 안심이 되는 것 같기도 하고…….

혼자 집에 있어봤자 할 일도 없었기 때문에 친가의 상황이나 보러 가기로 했다.

어머니나 아버지는 그렇다 쳐도, 여러모로 평범하지 않은 여동생 와카바는 신경이 쓰였다.

얼마 전에는 걱정을 끼치기도 했고.

"응?"

아파트의 엘리베이터에서 내리자 스마트폰의 알람이 울렸다. LINE 메시지였다.

나는 로비에 멈춰 서서 내용을 확인했다.

"후우카한테서 왔구나. ……우왓!"

후우카의 셀카 사진이었다.

사진의 배경은 호화로운 방의 내부로, 츠바사 가문의 저택에서 찍었다는 사실을 바로 알 수 있었다.

하지만 그건 중요한 게 아니었다. 사진 속의 후우카는 교복을 풀어 헤치고, 치마를 들추어 보여주고 있었다.

게다가 빨간색 브래지어에 빨간색 팬티라는 화려하기 짝이 없는 속옷을 입고 있었다.

심지어 브래지어는 절묘한 각도로 틀어져 있어서 핑크색의 유륜이 어렴풋이 엿보였다.

"무, 무슨 사진을 보내는 거야, 후우카는."

그렇지만 늘 보던 속옷 차림도 이렇게 스마트폰 사진으로 보니 왠지 야하게 느껴졌다.

나는 자기도 모르게 꿀꺽 침을 삼키고 말았다.

으으, 최근 며칠 동안은 현관에 들어서자마자 유우가 마중을 나와 입으로 봉사해 주었다. 하지만 오늘은 아무것도 받지 못했고, 후우카의 사진을 계기로 자꾸만 성욕이 치솟았다.

큰일이다. 이렇게 불끈불끈한 상태로는 여동생을 만나러 갈 수 없었다.

와카바는 멍한 것처럼 보여도 사실은 무서우리만치 날카로웠다.

내가 싸움을 하러 간다는 사실까지 한눈에 알아차렸으니, 성욕으로 허덕이고 있다는 것쯤은 가볍게 간파할 것이다.

나는 도대체 어떻게 돼버린 걸까.

나는 이런 성욕의 화신 같은 인간이 아니었는데. 굳이 말하면 금욕적인 편이었는데.

돌이켜 생각해 보면 아리스의 엉덩이도 상당히 집요하게 주물러댔었다.

슬슬 자신을 되돌아볼 때가 된 건지도 몰랐다.

"어, 어쨌든 일단 밖으로 나가자. 머리를 식혀야 해."

친가에 들르는 건 다음에 하기로 하고, 지금은 아파트 주변을 돌면서 산책이나 하기로 했다.

다행히 오늘은 찬바람이 불고 있었다. 조금 걸으면 냉정을 되찾을 수 있을 것이다.

"윽, 바람이 센걸. 두꺼운 외투를 입고 올 걸 그랬어……. 어라?"

아파트 밖으로 걸음을 내디딘 그때, 앞쪽에 누군가가 걸어가고 있는 게 보였다.

내가 로비에서 꾸물대는 사이에 먼저 앞질러 간 모양이었다.

금발의 트윈테일에 군청색 교복. 치마는 짧은 편이었다.

치마 밑으로 뻗어 내려온 허벅지와 다리는 상당히 가늘었다. 하지만 그럼에도 묘한 매력이 느껴지는 허벅지였다.

어쨌든, 예전에도 본 적이 있는 다리였다.

"꺄악!"

"…………!"

바로 그때, 또다시 강한 바람이 불어왔다. 앞에서 걸어가고 있던 소녀의 치마가 완전히 뒤집히고 말았다.

아담한 사이즈의 새하얀 엉덩이.

그리고 검은색의 끈 팬티……. 잠깐, 끈 팬티라고?!

"아앗!"

"…………."

그 끈 팬티의 주인이 뒤쪽으로 고개를 돌렸다.

금발의 트윈테일. 당연하게도 후루카와 사라였다.

사라는 눈물을 글썽이며 나를 노려보고 있었다.

"봐, 봤지?!"

"그래, 봤어. 대담한 T팬티를 입고 있던걸……."

"대, 대놓고 말하지 마!"

남자답게 인정했을 뿐이건만 사라는 마음에 들지 않았던 모양이다.

"아, 그거구나. 승부 팬티. 마음에 드는 남자한테 보여주려고 입었을 텐데 미안하게 됐어."

"스, 승부 팬티가 아냐! 오늘 오전에 모델 일이 있단 말야! 딱 달라붙는 바지를 입고 싶어서 라인이 드러나지 않는 속옷을 입기로 했을 뿐이야!"

"일하는 곳에서 갈아입으면 되잖아……."

"일하는 곳에서 팬티까지 갈아입고 싶진 않아!"

정말 까다로운 성격이구나.

그건 그렇고, 매력적인 엉덩이었다. 역시 모델이다.

게다가 어째서인지 사라의 엉덩이는 낯이 익었다.

이상하군. 유즈키와 후우카, 아사와 유우, 리나와 나라카, 그리고 아리스와도 전혀 다른 형태의 엉덩이인데 말이지.

"뭐, 뭐야? 무슨 생각을 하는 거야?"

"아무것도 아냐. 그보다 잊어버릴 테니 용서해 줘."

"……딱히 용서하고 말고 할 것도 없잖아. 바람 때문이니까."

"그렇구나. 고마워."

사라는 기가 세서 조금 무섭지만, 그렇다고 막무가내는 아니었다.

"…………."

"왜, 왜 그래?"

내가 그렇게 묻자 사라는 다시금 나를 째려보았다.

"사라가 너랑 만난 적이 있었던가?"

"얼마 전에 엘리베이터 앞에서 만났잖아."

먼저 나한테 말까지 걸었으면서.

만약 우리가 처음 만나는 사이였으면 아무리 팬티를 봤다고 해도 이렇게 긴 대화를 나누지는 않았을 것이다.

"그게 아니라……. 뭐랄까. 왠지 다른 곳에서도 만난 듯한 기분이……. 아니야?"

"아니. 만난 적 없었을 거야."

"그렇지……? 사라는 무슨 소리를 하는 거람."

사라는 고개를 절레절레 내저었다. 트윈테일이 덩달아 좌우로 흔들렸다.

"참, 그렇지. 이, 있잖아, 너 혹시 한가해?"

"한가하긴 해."

친가로 돌아가길 단념해서 시간이 비던 참이었다.

"그러면 나랑 같이 좀 가자."

"응?"

"사, 사라의 팬티를 봤으니까 부탁 정도는 들어줘!"

"알겠어."

아무리 바람 때문이라지만 여자아이의 팬티를 봐버린 것은 사실이었다.

부탁 정도는 들어주지 않으면 내 마음이 편치 않았다.

그렇게 생각하고 있는데, 어째선지 사라가 미심쩍다는 표정을 지었다.

"왜 그래?"

"이, 이해가 안 돼서. 어째서 무슨 일인지 묻지도 않고 수락하는 건데. 사라가 널 이상한 곳으로 데려갈 수도 있잖아? 사라의 옷차림을 봐. 꽃뱀일지도 모르는 거잖아."

"자기 입으로 그렇게 말하는 사람은 믿어도 돼."

"윽……."

보아하니 사라도 납득한 듯하다.

애초에 나는 수많은 트러블에 휘말리며 살아온 몸이다. 이 얼굴과 싸움 실력으로 웬만한 곤경은 이겨낼 자신이 있었다.

"그리고 유즈키가 사라는 나쁜 애가 아니라고 말했어. 나는 유즈키의 말을 믿어."

"츠, 츠바사가? 정말로…… 유즈키가 정말로 그렇게 말했다고……?"

사라가 본인의 두 뺨에 손바닥을 대고 온몸을 꼼지락거렸다.

아무래도 사라는 유즈키를 단순히 라이벌로만 보고 있는 건 아닌 모양이었다.

방금 유즈키라고 이름으로 부르기도 했고…….

"꺄악!"

"…………!"

바로 그때 또다시 강한 바람이 불어왔다. 이번에는 치마의 앞쪽이 뒤집혔다.

검은색 팬티는 전면부도 천의 면적이 좁았다. 하반신의 상당

부분이 노출되어 있었다.

T팬티는 앞에서 봐도 에로하구나.

"설마 판치라를 두 번 연속으로 경험할 줄은……."

"파, 판치라라고 말하지 마! 돼, 됐으니까 빨리 가자!"

사라는 치마를 내리누른 채 앞으로 걸어가기 시작했다.

아무래도 세 번 연속으로 판치라를 경험하긴 어려울 듯했다. 딱히 상관없지만.

사라가 어디로 향하려는 건지는 모르지만 일단 따라가 보기로 했다.

아파트에서 도보로 2분 정도를 걸어 역에 도착한 뒤, 이곳에서 전철을 타고 20분을 더 이동했다.

사라는 내가 처음 와보는 역에서 내려 다시 걷기 시작했다.

이동하는 동안 대화는 거의 오가지 않았지만 나는 딱히 불편함을 느끼지 못했다.

나는 예전부터 무서운 생김새 때문에 입만 열어도 두려움의 대상이 되고는 했다. 그래서 원래는 나도 말수가 적은 편이었다.

"…………?"

길을 걸어가는 사라는 어딘가 상태가 이상해 보였다.

내가 신경이 쓰여서 그런 것 같지는 않았다. 묘하게 주변을 두리번거리는 것 같달까.

"……그렇군."

나는 속도를 높여 사라 옆에 나란히 섰다.

"뭐, 뭐야?"

“괜찮은 거야?”
내가 사라에게 작은 목소리로 물었다.
“뭐, 뭐가? 무슨 얘기야?”
“좀도둑 같이 걷길래.”
“좀도둑?!”
“농담이야. 왠지 주변을 경계하는 것 같더라고.”
“……신경 쓰지 마. 그래도 같이 걸어주니 안심이 되네. 고마워.”
“…………..”
나는 말 없이 고개를 끄덕였다.
갑자기 나에게 동행을 부탁한 이유가 조금은 이해되었다.
사라의 신변에 뭔가 문제가 있는 모양이었다.
“아, 여기야. 이제 괜찮아.”
“여기?”
우리가 도착한 곳은 시내에서 흔히 볼 수 있는 저층 빌딩이었다.
5층 건물로, 우리가 거주하는 그랑리베시아 요코하마에 비하면 규모는 한참 작았다.
“사라가 모델로 활동하는 잡지의 편집부가 이곳에 있거든. 의뢰 연락을 받아서 와봤어.”
“그렇군. 바쁘구나.”
오전에는 촬영을 하고 방과 후에는 편집부를 방문해야 하다니.
“나는 여기까지인 것 같네. 그럼…….”
“잠깐만.”
빌딩 입구에서 뒤로 돌아서려는데, 사라가 내 소매를 덥석 붙잡았다.

“돌아갈 때도 같이 가줘.”

“엑.”

“괜찮아. 오늘은 스케줄 확인만 할 거라서 금방 끝나. 20분 정도면 돼. 끝내면 내가 차라도 한턱낼게.”

“아, 알았어.”

여자친구도 아닌 여성에게 차를 대접받아도 괜찮은 걸까.

사라도 내가 유즈키의 여자친구인 것을 알고 있을 텐데. 아무렇지도 않은 건가.

하지만 사라가 집까지 데려다주기를 원하는 이유가 짐작되었기 때문에 놔두고 가자니 마음이 불편했다.

결국 나는 어쩔 수 없이 사라와 함께 건물 안으로 들어갔다. 그리고 엘리베이터에 탑승해 5층에 도착했다.

“편집자님한테는 잘 말해줄게. 그러니까 걱정 마.”

“어라? 마사키랑 세라잖아.”

엘리베이터에서 내리자 사무실로 들어가는 입구 옆에 친숙한 얼굴이 있었다.

“유, 유즈키?”

“츠, 츠바사가 왜 여기에?!”

유즈키는 교복 차림에 가방을 메고 있었다. 하교 중에 들른 듯했다.

그러고 보니, 아파트로 돌아오기 전에 용건이 있다고 그랬었지.

“마사키랑 세라가 여기에 뭐 하러 온 거야?”

유즈키의 머리 위에 물음표가 띄워져 있었다.

나도 놀라긴 매한가지였지만, 뜬금없는 우리의 조합에 유즈키가 좀 더 당황한 듯했다.

“아파트 앞에서 우연히 마주쳤는데, 편집부에 갈 테니 동행하자고 하더라. 마침 나도 한가했고.”

“헤에, 그렇구나.”

유즈키는 아무런 의심 없이 믿어준 모양이다.

거짓말을 해서 마음이 아프지만, 사라가 내게 동행을 부탁한 이유는 함부로 남에게 밝히지 않는 게 좋을 것 같았다.

“고, 고마워…….”

사라는 나를 흘끔 쳐다보더니 작은 목소리로 말했다.

아무래도 거짓말을 하기로 한 내 판단이 정답이었던 모양이다.

“편집부는 처음 와보거든. 한번 구경하고 싶었어. 유즈키야말로 무슨 일이야?”

“오랜만에 편집부에 놀러 와봤을 뿐이야. 전에 내가 은퇴한 게 아니라는 얘기를 했었잖아. 그게 어떻게 된 건지 확인도 할 겸.”

“그랬구나.”

유즈키는 츠바사 가문에 맡기지 않고 스스로 확인할 생각인 것이다.

“마사키가 편집부에 관심이 있을 줄은 몰랐는걸.”

“아, 응. 나라카도 출판사와 일하고 있잖아. 그래서 이쪽에 흥미가 좀 생겼어.”

이건 거짓말이 아니었다. 종종 소설책을 읽기도 했고.

"뭐, 여기는 편집부라기보다는 연예 기획사에 가깝지만 말이지. 마음껏 구경하다 가."

"누가 들으면 네 기획사인 줄 알겠다."

나는 쓴웃음을 지었다.

한동안 잊고 있었는데, 유즈키는 교내 날라리들의 리더이자 여왕님이었다.

"그러고 보니 나는 패션 잡지에 대해서 아는 게 전혀 없네."

"딱히 마사키가 아니더라도 남자라면 대부분 모를 거야. 잡지 모델에 대해서도 잘 모르지?"

"맞아."

들어본 적은 많지만 실제로 뭘 하는지는 하나도 몰랐다.

"알겠어. 그러면 이쪽으로 와봐. 세라도."

유즈키는 그렇게 말하더니 당당하게 편집부에 들어가 회의실로 보이는 장소로 우리를 안내했다.

테이블 하나와 의자 두 개가 전부인 좁은 공간이었다.

테이블 위에는 패션 잡지가 겹겹이 쌓여있었다.

"지금은 담당 편집자가 안 계셔서 옛날에 내가 실렸던 잡지를 보면서 기다리고 있었어. 세라, 이 표지 그립지 않아?"

"……별로."

사라가 반대쪽으로 고개를 홱 돌리며 대답했다.

유즈키를 좋아하는 건지, 라이벌로 여기는 건지 헷갈리는군.

뭐, 현역 모델인 사라는 옛날 잡지를 봐도 감흥이 없을지도 몰랐다.

“헤에. 정말로 여성 패션만 전문으로 소개하는 잡지구나.”

나는 잡지 하나를 집어 들고 휙휙 넘겨보았다.

확실히 몇몇 페이지에 유즈키와 사라가 실려 있었다.

유즈키는 평소에도 화려하게 꾸미고 다니기 때문에 본격적인 패션 의상을 봐도 크게 놀랍진 않았다.

오히려 비교적 자연스러운 느낌으로 찍은 사진이 더 많았다.

“과연. 여길 보니 잡지 모델을 모집한다고 나와있네. 그렇다면 잡지의 독자가 모델이 되는 건가.”

“마사키는 그 부분부터 보는구나. 뭐, 잡지 모델로 선택받는 과정도 여러 가지긴 해. 키도 커야 하고, 체중 감량도 필요한 진짜 모델에 비하면 잡지 모델은 널널한 편이지. ……하지만 그것도 얼마 전까지의 얘기고, 요즘에는 꽤나 엄격해졌다나 봐. 이곳의 잡지인 ‘틴 걸’은 얼굴이 최우선. 얼굴 심사가 까다롭기로 유명해.”

“유즈키와 사라가 발탁될 만했네.”

유즈키는 말할 것도 없는 미소녀고, 사라도 한 번 보면 잊어버리기 힘든 미모의 소유자다.

“이, 이보셔, 츠바사. 우리 잡지를 나쁜 곳처럼 말하지 말아 줄래?”

사라가 유즈키를 날카롭게 째려보았다.

“우리 잡지도 어디까지나 평범한 여자애를 메인으로 삼고 있어. 물론, 얼굴이나 몸매도 감안을 하지만 그렇게까지 엄격하진 않아. 독자들이 ‘이 옷을 입으면 나도 예뻐지겠지’라고 생각하게 만드는 게 중요한 거야. 그렇게 생각해 줬으면 하는 거고.”

"흐음……."

사라는 본인의 직업에 자부심을 가진 모양이었다.

게다가 단순히 잡지에 실린 자신의 모습에 심취해서 모델 일을 하는 것 같지는 않았다. 사라는 다른 여자아이들도 예쁘게 꾸밀 수 있게 되기를 진심으로 바라고 있었다.

나는 프로 의식이 투철한 사람을 좋게 보는 경향이 있었다.

겉보기는 허름해도 맛과 서비스만큼은 진지하게 임하는 음식점의 자식으로 자랐기 때문일지도 몰랐다.

"그나저나 독자 중에서 모델을 발탁한다니. 특이한 시스템이네."

"물론 옛날이나 지금이나 잡지에서도 모집은 계속하고 있어. 대신 요즘에는 편집자가 SNS에서 예쁜 애들을 발견해서 모델 제안을 하는 케이스도 많다나 봐. 옛날에는 길거리에서 스카우트도 하고 그랬는데, 틴걸에서는 더 이상 스카우트로 모집하진 않고 있어."

"하긴, 수상하게 여겨질 수 있으니까."

위험한 아르바이트일지도 모른다고 의심받을 가능성이 높았다.

"참고로 나는 응모한 케이스야. 귀여운 코디에 심취했던 시기가 있었거든. 마침 좋은 사진이 찍혀서 편집부에 보내봤어. 뭐, 지금도 꾸미는 건 좋아하지만 열정이 식어서 모델 일도 관두게 되었지."

"구속이 심하지 않은 것도 잡지 모델의 장점이지만, 그래도 츠바사는 너무 쉽게 관뒀어!"

아무래도 유즈키와 사라는 의견이 잘 맞지 않는 모양이었다.

“참, 그래서 어떻게 됐어, 유즈키? 계약이 아직 유지되고 있는 거야?”

“그런가 봐. 그리고…….”

유즈키는 데스크가 배치되어 있는 편집부를 바라보았다.

“들었나 보네, 츠바사. 맞아. 요즘 틴걸은 판매 부수가 떨어져서 위태로운 상황이야. 편집자뿐만 아니라 독자들도 SNS에서 귀여운 패션을 찾아보기 때문이겠지.”

“………….”

그렇구나. 이제야 이야기의 흐름이 보이기 시작했다.

“방금 전에 편집자분이랑 잠깐 얘기를 나눴어. 나는 인기가 있는 편이라 지금도 독자들로부터 나를 내보내 달라는 요청을 받고 있대.”

“맞아, 그렇다구. 츠바사의 사진은 정말로 인기란 말야. 독자들이 기다리고 있어.”

사라가 분하다는 듯이 말했다.

사라는 지금도 잡지에 사진이 게재되고 있지만 혼자만의 힘으로는 독자의 감소를 막을 수 없는 것이다.

그 사실을 인정하는 것이 분한 것이다.

“알겠어! 나한테 맡겨! 틴걸에 복귀할게!”

“앗싸! ……가 아니라!”

반사적으로 만세를 외친 사라는 곧바로 팔을 내렸다.

“흐, 흥. 오랫동안 현장을 떠나 있었는데 표정이나 포즈 같은 건 괜찮겠어? 복귀해서 못난 모습을 보이면 오히려 판매 부수만 줄어들걸?"

"알아, 알아. 지금은 세라가 선배니까 잘 좀 부탁할게. 다시 함께 일할 수 있는 거지?"

"그, 그래."

"그럼 편집부장님한테 말하고 올게. 마사키, 잠시 기다리고 있어."

유즈키는 그렇게 말한 뒤 편집부 안쪽으로 걸어갔다.

즉석에서 결정해 버리다니. 내 여자친구는 뭐랄까…… 남자다운걸.

"……있잖아."

"응?"

사라가 슬그머니 다가와 내게 말했다.

"사라는 예전에 츠바사랑 같이 촬영을 하는 경우가 많았어."

"응? 아, 그래서 라이벌이 됐던 건가?"

"라이벌이라 해야 할지…… 사라가 어떤 말을 들었는지 알아?"

"…………?"

나는 말 없이 고개를 갸웃했다. 알 리가 없었다.

"츠바사 유즈키의 바터."

"바터가 뭐야?"

"교환이라는 뜻이야. 하지만 연예 기획사에서는 '자매품'이라는 뜻으로 쓰이지. 방송에 내세우고 싶은 연예인을 유명 연예인과 세트로 묶어서 출연시키는 걸 뜻해."

"아아……."

인기가 많은 A 양을 방송에 출연시킬 테니 우리 기획사 소속인 B 양도 함께 출연시켜 주세요. 대충 그런 뜻인가.

"바터는 흔한 관행이야. 사라는 유즈키와 동기라서 함께 지면에 출연했던 거고. 하지만……."

"또 뭔가 있는 거야?"

"바터라면 차라리 나아. 더 심한 말을 하는 사람도 있었어."

"……뭐라고 했는데?"

별로 듣고 싶지 않았지만, 마치 나한테 들으라고 하는 말 같았다.

사라는 나를 쳐다보더니, 어째서인지 빙그레 웃어 보였다.

"후루카와 사라는 츠바사 유즈키의 덤이다, 라고."

"후우, 오랜만에 운동 한번 제대로 했네!"

"유즈, 제법인걸. 체력이 너무 남아도는 거 아냐?"

틴걸의 편집부를 방문한 다음 날.

지금 내 앞에는 유즈키와 타카야 리나가 있었다.

"확실히 유즈키는 체력이 대단하네. 나도 스태미너에는 자신이 있는 편이었는데."

"아무리 그래도 마사키에 비하면 부족하지."

아하하, 하고 유즈키가 웃었다.

오늘은 방과 후에 유즈키와 리나, 나까지 셋이서 조깅을 했다.

골 지점은 츠바사 가문의 아파트였고, 아파트에 도착한 우리는 샤워를 마치고 거실에 나와 있었다.

날씨도 서늘해졌겠다, 10km를 달렸더니 다들 땀으로 범벅이 되고 말았다. 리나가 혼자서 샤워를 하고 싶다고 말했기 때문에 각자 한 명씩 욕실로 들어가서 샤워를 했다.

내가 마지막으로 샤워를 마치고 거실로 나왔을 때 유즈키와 리나는 차가운 음료를 마시고 있었다.

"나는 평소에 조깅을 하는데도 유즈를 따라가는 게 고작이었어."

"아하하. 리나랑 마사키가 진심으로 달리면 내가 질걸. 그래도 오늘 같이 뛰어줘서 고마워, 둘 다."

유즈키가 그렇게 말하며 소파에서 일어났다.

지금 유즈키는 검은색 탱크톱에 숏팬츠 차림이었다.

참고로 리나는 티셔츠에 반바지를 입고 있었다.

"뭐, 모델로 복귀하기로 했으니 몸매 관리는 필수지. 이제 곧 촬영이니까 서둘러야 해."

"그런데 유즈키가 굳이 몸매 관리를 할 필요가 있을까?"

내가 볼 때 유즈키의 몸매는 완벽했다. 쓸데없는 지방이라고는 조금도 없었다.

물론, 가슴의 지방은 전혀 쓸데없는 것이 아니었다.

"사실은 모델로 활동하던 때보다 체중이 좀 늘었거든. 그리고 살짝 찌기도 했고……. 자, 리나랑 한번 비교해 봐."

"꺄악!"

유즈키는 느닷없이 리나가 입은 티셔츠를 뒤집어 배를 드러냈다.

"무, 무슨 짓이야, 유즈!"

"마사키한테 배를 보여주는 게 부끄럽다고? 이제 와서?"

"그, 그건 그거고! 아직은 마음의 준비가 필요하단 말야!"

리나는 정말로 부끄러웠는지 얼굴을 새빨갛게 물들이며 유즈키를 노려보았다.

춤 연습을 할 때는 맨날 배꼽이 드러난 옷을 입고 있으면서…….

물론 나는 리나의 배꼽뿐만 아니라 가슴과, 그보다도 더 부끄러운 곳까지 전부 봤다.

"미안하대도. 어쨌든 그렇잖아도 몸매 관리를 해야겠다 싶던 참이었어. 방금 봤잖아. 리나랑 비교하면 완전 돼지야."

"나는 평소에도 춤 연습을 하니까 차이가 나는 건 당연하지."

리나도 자리에서 일어나 본인의 허리에 손을 가져다 댔다.

티셔츠가 몸에 밀착되어 가느다란 허리의 곡선이 선명하게 드러났다.

"확실히 리나가 마르긴 했네. 춤을 추느라 그렇겠지."

"그래도 세라가 더 말랐을걸? 세라의 허리는 진짜로 가늘거든."

"세라……? 아, 후루카와 사라? 유즈랑 같은 잡지에 실려있던 애구나."

"뭐야, 리나도 사라를 아는가 보네."

"그러는 마사키야말로 알고 있잖아. 그 애는 믿기지 않을 정도로 마르긴 했지."

리나가 본인의 허리에 양손을 짚으며 말했다.

본인보다 허리가 날씬한 사라에게 경쟁심을 느끼는 건지도 몰랐다.

"뭐, 리나와 사라는 똑같이 날씬해도 느낌이 다르지. 리나가 운동으로 살을 뺀 느낌이라면, 세라는 철저하게 지방을 제거한 느낌."

"겉으로 보기에는 별 차이 없는데 말이지. 아, 그런데 그 사라라는 애, 가슴은 엄청 크더라. 크윽, 왜 내 주변에는 가슴이 큰 애들밖에 없는 거야."

"그 말을 듣고 생각났는데, 나라카는 잘 지내?"

가슴이라는 단어를 듣고 생각나 버린 것이 조금 미안하기는 했다. 그래도 리나의 여동생인 나라카가 거유인 건 사실이었다.

경이로운 H컵의 소유자니 말 다한 셈이다. 그 부드럽고 커다란 가슴을 떠올리는 것만으로도 흥분이 될 정도였다.

"나라카라면 딱히 잘 지내고 있진 않아."

"잘 못 지낸다고?! 괜찮은 거야?"

"그, 그게 무슨 소리야 리나! 나라카한테 무슨 일이라도 생겼어?!"

나와 유즈키가 당황해서 리나에게 물었다.

"아, 미안. 표현이 나빴네. 잘 지낸다고 말하면 이상해서 그래. 일 때문에 힘들어 죽으려고 하거든."

"표현은 그렇다 쳐도 힘들게 지내는 건 사실이구나……."

"나중에 나라카한테 맛있는 거라도 사다 줘야겠네……."

나라카는 소설 투고 사이트에 연재를 하다가 책을 내면서 프로로 데뷔한 작가였다.

지금은 히키코모리 생활 중이지만 소설 집필도 병행하고 있는 모양이었다.
“어쩐지 며칠 동안 전혀 오질 않는다 싶더라니…….”
“마감 때문에 담당자가 달달 볶고 있다나 봐. 그래도 이 소설만 완성되면 다시 학교에도 가고, 여기에도 놀러 오겠다고 하더라.”
“그렇구나……. 다행이네.”
장래를 위해서라도 학교에는 가는 게 좋았다.
이곳에 놀러 오는 것도 기쁠 따름이다.
나라카의 폭력적인 H컵 가슴은 지금도 잊혀지지가 않았다.
“앗, 유즈키의 몸매 얘기 중이었지. 살을 뺀답시고 너무 무리하진 마.”
“나도 알아. 아사랑 유우가 요리할 때 영양분을 계산해 주고 있으니까 저체중을 걱정할 필요는 없을 거야. 아, 그리고 이번에 촬영하는 건 섹시한 의상이라더라.”
“섹시한 의상?”
“응. 앞으로는 섹시한 콘셉트가 유행을 탈 거라나 봐.”
“중고등학생이 읽는 패션 잡지 아니었어?”
그런 잡지에서 섹시하게 입어도 되는 건가?
“마사키. 고등학생은 물론이고, 중학생들도 꽤나 굉장한 옷을 입는다구. 저거 속옷 아니야? 싶을 정도로 아슬아슬한 옷들 말야.”
“처음 알았어…….”
나는 리나의 얼굴을 빤히 쳐다보며 중얼거렸다.
평소에 여자들을 쳐다보지 않으려고 해서 지금까지 몰랐던 걸까? 내가 쳐다보면 다들 겁을 먹으니 어쩔 수 없기는 했지만.

"와카바도 그런 옷을 입으려나……."

"아카바한테는 더 청초한 옷이 어울리지. 와카바는 내가 지키겠어!"

"누가 보면 유즈키랑 와카바가 자매인 줄 알겠네."

와카바는 내 여동생인데……. 특이한 녀석이긴 하지만 그래도 일단은 귀여운 여동생이다.

"그건 그렇고, 섹시한 옷이라니 어떤 옷인데?"

"대충 가슴골이 보이거나, 배꼽이 드러나는 옷이겠지. 미니스커트나 핫팬츠 같은 걸지도."

"잠깐, 리나. 지금부터 쌀쌀해질 텐데 그런 옷을 입어도 괜찮은 거야?"

""당연하지.""

유즈키와 리나가 마치 쌍둥이처럼 한목소리로 말했다.

"마사키는 여자의 패션을 뭐라고 생각하는 거야? 한겨울에도 배꼽이랑 허벅지를 드러내고 다닐 수 있는 게 여자들이야."

"맞아. 나도 배꼽은 기본으로 오픈시키는 편이야."

"리나. 방금 전에 티셔츠를 들췄더니 화내지 않았어……?"

"그러니까 마음의 준비가 안 됐었대도 그러네. 나도 겨울에 배꼽이랑 허벅지를 드러내고 다녀. 물론 코트 정도는 입지만."

"흐, 흐음……."

생각해 보면 여자들은 겨울에도 미니스커트에 맨다리로 다니는 경우가 많았다.

안쪽에 스타킹이나 운동복을 입는 여자들도 있긴 하지만 소수

파였다.

"여자의 패션은 기합이야, 기합."

"……그렇게 말하니까 심플하긴 하네."

아버지에게 들은 적이 있다. 과거의 불량 학생 중에는 한여름에도 가쿠란을 입는 바보가 있었다고.

한여름에 가쿠란을 입으면 열사병으로 쓰러져 죽지 않을까.

여름과 겨울. 남자와 여자. 성별은 달라도 패션은 기합이라는 점에서는 겹치는 부분이 있는 걸까.

"나는 중고등학생들이 동경하는 유즈키 언니거든. 늘어진 몸으로 섹시한 옷을 입는 한심한 짓은 하지 않아. 조금이라도 체중을 줄이려고 노력해야지."

"나도 다음 오디션에 대비해서 체중 관리를 해야 해."

유즈키와 리나는 서로의 얼굴을 마주 보며 결의를 다졌다.

오늘은 어쩌다 보니 함께 조깅을 했지만, 이 두 사람의 트레이닝에 어울렸다가는 내 몸이 남아나지 않을 것 같다.

게다가 아리스의 훈련도 아직 진행 중이었다.

"아, 그렇지. 모처럼 마사키도 있으니까 확인해 달라고 할까?"

"응? 뭘?"

"뻔한 걸 왜 물어. 당연히…… 내 몸이지♡"

"자, 잠깐……!"

불현듯 유즈키가 입고 있던 탱크톱을 벗어 던졌다. 뒤이어 핫팬츠까지 슥 벗어버렸다.

레이스가 달린 검은색의 브래지어와, 동일한 디자인의 검은색 팬티가 보였다.

새하얀 피부, G컵에 달하는 커다란 가슴, 잘록한 허리, 적당히 살이 오른 허벅지.

유즈키의 알몸은 거의 매일같이 보고 있지만, 이렇게 속옷을 입은 모습을 보니 새삼 몸매가 대단하다는 생각이 들었다.

"어때? 이 정도면 다시 중고생들이 동경하는 유즈키 언니로 돌아갈 수 있을까?"

"추, 충분해 보여."

"그런가? 마사키는 나한테 너무 상냥해서……. 리나도 잠깐 벗어봐."

"어, 어째서 나까지……. 어휴. 너처럼 가슴 큰 애랑 나란히 있으면 부끄럽거든?"

리나는 그렇게 말하면서도 티셔츠와 반바지를 벗어 내렸다.

회색의 스포츠 브라와 회색 팬티가 모습을 드러냈다.

살짝 그을린 피부와, 귀여운 C컵 가슴, 유즈키보다 잘록한 허리, 그리고 늘씬한 다리.

춤으로 단련된 만큼 군더더기라고는 찾아볼 수 없는 몸이었다.

야한 건 물론이고, 특유의 건강미가 느껴졌다.

"자, 잠깐, 마사키. 너무 그렇게 빤히 쳐다보면 창피하잖아……."

"미, 미안. 하지만 유즈키도, 리나도 정말 몸매가 좋은걸. 리나도 마음만 먹으면 모델로 활동할 수 있겠어."

"나한테는 춤밖에 없어. 뭐, 그래도 몸에 딱 맞는 옷을 입고 춤을 추는 경우도 많으니까 몸매 관리는 꾸준히 해야겠지. 이러면…… 어때?"

리나는 허리에 손을 대고 잘록한 허리를 강조하는 포즈를 취했다.

"그러면 나도. 어때? 요즘 아리스의 엉덩이만 쳐다보던데, 내 엉덩이도 꽤 쓸만하지?"

유즈키는 뒤로 돌아 서서 엉덩이를 뒤로 내미는 야한 포즈를 취했다.

탱탱하다는 표현이 어울리는 엉덩이었다. 아리스보다는 작지만 탄력과 부드러움은 밀리지 않았다.

"무, 물론 유즈키의 엉덩이는 최고지. 리나의 허리도 굉장히 잘록하고."

"그런가? 하지만 리나도 세라에 비하면 뚱뚱하지 않아?"

"뚱뚱하다고 하지 마! 현역 모델이랑 비교하는 게 어딨어!"

리나가 버럭 소리를 지르고, 유즈키는 재밌다는 듯이 깔깔거렸다.

검은색 속옷 차림의 유즈키와, 스포츠 브라를 착용한 리나.

이런 두 사람이 눈앞에서 시끌벅적하게 떠들고 있다. 더는 참을 수가 없었다.

"촬영을 위해서 더 섹시한 느낌을 내야 하는데……. 마사키, 우리…… 야한 짓 하자♡"

"나, 나도……. 아직도 춤에 색기가 부족해……."

"…………."

내 욕망을 감지하기라도 한 것처럼 두 명의 미소녀가 내게로 다가왔다.
깊은 가슴골을 자랑하는 G컵 가슴과, C컵의 귀여운 가슴이 시야를 가득 메웠다.
"이러면 참을 수가 없잖아……."
"그건 그래♡"
"인정♡"
유즈키와 리나는 히죽 웃으며 본인들의 가슴을 내 얼굴에 들이댔다.
나는 브래지어 너머로 두 사람의 가슴을 주무르며 말했다.
"유즈키, 리나. 시작할게……."
나는 유즈키의 검은색 브래지어를 밑으로 잡아당겨 핑크색 젖꼭지를 노출시킨 뒤, 혓바닥으로 낼름낼름 핥기 시작했다.
"꺄악, 앙♡ 젖꼭지, 간지러워♡"
그런 다음 리나의 스포츠 브라 속으로 손을 집어넣어 생가슴을 주물렀다.
"하응♡ 브, 브라 속에 손을…… 앗, 젖꼭지에 닿았어♡"
위험하다. 유즈키의 젖꼭지가 너무 맛있다. 리나의 아담한 가슴도 주무르는 맛이 있었다.
이번에는 리나의 스포츠 브라를 위쪽으로 젖혀 가슴을 노출시켰다. 그리고 모습을 드러낸 리나의 유륜을 혓바닥으로 핥아주었다.
그러는 동안에도 유즈키의 G컵 가슴을 주무르는 것을 멈추지 않았다.
"오늘은 가슴으로 즐겨볼까……."

"워, 원하는 대로 해, 마사키……."

"새, 색기가 묻어나려면…… 야, 야한 기분이 들어야 하니까……."

나는 유즈키와 리나를 소파에 나란히 앉히고 두 사람 사이에 앉았다.

이후 두 사람의 잘록한 허리를 끌어당긴 다음, 두 사람의 가슴을 마구 주물렀다.

"꺄악, 앙, 손이 거칠어……♡"

"하윽, 마사키, 가슴이 작아서 미안……. 아앗, 그래도 너무 좋아♡"

오른손에는 G컵 가슴. 왼손에는 C컵 가슴. 크기도 탄력도 달라서 각각의 장점이 있었다.

유즈키의 가슴은 손가락이 파묻힐 정도로 크고 부드러웠고, 리나의 가슴은 탄력이 대단해서 내 손을 도로 밀어냈다.

"아앙, 마사키…… 앗, 젖꼭지도, 괴롭혀 줘♡"

"꺄악, 내 젖꼭지를 먼저 괴롭히고 있어……. 앗, 그렇게 꼬집으면, 느껴버려♡"

나는 두 사람의 젖꼭지를 동시에 만지고 애무했다. 그리고 리나의 젖꼭지는 살짝 꼬집어 잡아당겼다.

"하앗, 하아……. 이, 이번에는 우리가 해주자, 리나."

"아, 알겠어, 유즈……. 나, 나는 아직 서툴지만…… 노력해 볼게."

"그, 그래. 잘 부탁해."

내가 소파에 등을 기대자 유즈키와 후우카가 바닥에 무릎을 꿇었다.

오오, 나쁜 표현일지도 모르지만, 뭐랄까……. 정복감이 느껴진다.

검은색 브래지어가 반쯤 벗겨져 한쪽 가슴을 드러낸 유즈키.

스포츠 브라를 위로 젖혀 생가슴을 그대로 노출시킨 리나.

학교에서 제일 잘 나가는 두 미소녀가 내 발밑에 무릎을 꿇고 있는 것이다.

위험한 쾌감에 눈을 떠버릴 것만 같았다.

“우선 입으로 빨아줄게……. 자, 리나도.”

“아, 알고 있어……. 음, 할짝♡”

여신처럼 아름다운 두 소녀가 혀를 뻗어 내 페니스를 핥기 시작했다.

유즈키는 끝부분을 혀로 할짝였고, 리나는 뿌리 쪽부터 천천히 핥아 올렸다.

오오, 두 종류의 자극이 동시에……. 이대로 가다가는……!

“꺄, 아직도 계속 커지고 있어……. 굉장해, 마사키♡”

“엄청 단단하네……. 이런 걸 핥으면 기분이 이상해져 버려♡”

유즈키는 쪽, 하고 끝부분에 키스를 했고, 리나는 끝부분을 조금 핥다가 유즈키처럼 입을 맞췄다.

다만, 두 사람은 내 페니스를 맛보다가 종종 입술을 부딪히곤 했다.

“꺄악! 유즈, 입술이 닿았잖아. 여자끼리 어색하게……♡”

"아앗, 리나랑 뽀뽀해 버렸어♡ 리나랑 하는 건 처음일지도♡"

"유, 유즈랑 키스한 적이 있으면 이상하잖아……. 음, 하음, 으음…… 더 깊이 삼켜야지…… 하읍, 으읍♡"

"앗, 치사해. 혼자서 입에 물다니……. 그러면 나는 여기를 빨아줄게."

"꺅! 바, 바보! 그건 마사키 역할인데…… 아앙♡"

리나는 내 페니스를 한입 가득 삼켰고, 유즈키는 그 리나의 가슴을 물고 빨았다.

여자끼리 몸을 섞는 걸 보니 흥분되는걸.

"유즈키, 리나. 둘 다 최고야……."

"그렇지? 나도 이쪽에서 핥아줄게. 리나, 나한테도 핥게 해줘."

"아, 알았어."

유즈키와 리나는 다시 혀를 뻗어 내 페니스를 핥기 시작했다.

간지러운 자극이 참을 수 없이 좋았다.

나는 유즈키와 리나의 머리에 손을 얹고 쓰다듬어 주었다.

"하음, 추릅…… 쪽, 할짝♡ 마사키, 당장이라도 쌀 것처럼 보여♡"

"음, 쪽, 낼름……♡ 마사키, 언제나처럼 부탁해……♡"

"조, 좋아. 그러면 먼저……."

나는 치밀어 오르는 성욕을 단숨에 해방시켰다.

"꺄악, 앗, 하윽, 내 얼굴에…… 뜨거운 게 쏟아지고 있어♡"

"아아, 부럽다♡ 맨날 리나 얼굴에만 뿌려주더라."

리나의 보이시한 얼굴에 내 페니스에서 뿜어져 나온 하얀 액체가 대량으로 쏟아졌다.

역시 리나의 얼굴을 더럽히는 이 쾌감은 몇 번을 경험해도 끝내줬다.

"하아, 하아…… 꺅, 유즈! 내 얼굴 핥지 마♡"

"맨날 리나한테만 뿌려주니까 이 정도는 괜찮잖아♡"

유즈키는 리나의 얼굴에 묻은 액체를 할짝할짝 핥아 먹었다.

그리고 리나는 다시 내 페니스를 입에 물고 남아있는 액체를 빨아들였다.

얼굴에다 싸게 해준 것으로도 모자라 깨끗하게 청소까지 해주다니.

유즈키는 내 여자친구지만, 리나는 그저 춤에 색기가 필요하다는 이유로 이러고 있는 것이다.

다시 생각해 보니 정말로 나쁜 녀석이구나, 난.

"후후, 전부 핥아먹었다♡ 다음은 당연히 가슴으로 할 거지? 나라카만큼 크진 않지만 최강의 날라리 콤비가 가슴으로 보내줄게♡"

"최강의 날라리 콤비라는 표현은 너무 유치하지 않아……? 물론 나는 가슴이 작아서 혼자서는 무리지만……. 열심히 문질러 볼게, 마사키. 나라카만큼 크진 않아도 이해해 줘."

"자, 잘 부탁해."

이 두 사람을 상대할 때면 속절없이 휘둘리는 경우가 많았다.

적극적인 유즈키와, 겉모습과 다르게 자존감이 낮은 리나. 두 사람의 조합은 썩 나쁘지 않았다.

"영차…… 꺄, 또 딱딱해졌어♡"

"괴, 굉장해……. 마사키 게 유즈의 가슴에 완전히 파묻혀 버렸어……. 내, 내 가슴은 작지만, 이렇게 들이밀면……."

"우옷……."

유즈키가 G컵 가슴 사이에 내 페니스를 끼웠고, 리나는 그 위에 본인의 가슴을 바짝 들이밀고 위아래로 문질렀다.

참고로 두 사람은 여전히 검은색 브래지어와 스포츠 브라를 착용하고 있었다.

"꺅! 마사키 건 너무 커다래서 탈이야♡ 리, 리나, 그거 알아? 이런 걸 파이즈리라고 한대."

"파, 파이즈리……. 차, 창피하니까 말하지 마, 유즈!"

"…………."

동감이다. 여태껏 몇 번이나 받았음에도 파이즈리라는 단어를 들으니 괜히 부끄러웠다.

두 미소녀는 가슴으로 내 페니스를 문질렀고, 중간중간 입으로 물고 빨기도 했다.

"와, 아직도 커지고 있네…… 앗, 마사키♡"

"이렇게나 크고 단단한 게 내 가슴 사이에서 날뛰고 있어, 아앙♡"

"이번에는 두 사람한테 한꺼번에……! 간다……!"

""꺄악……!""

나는 더 이상 참지 못하고 두 번째 사정을 했다.

힘차게 뿜어져 나온 하얀 액체가 유즈키와 리나의 예쁘장한 얼굴과 머리에 쏟아져 내렸다.

"꺅, 마사키♡ 어, 얼굴뿐만 아니라 가슴에도 잔뜩 묻어버렸어♡"

"아, 아아…… 나도 또 얼굴에……. 가슴도 끈적끈적해져 버렸어……♡"

유즈키와 리나는 얼굴이 끈적한 액체로 범벅이 되었음에도 환하게 웃어 보였다.

이거 위험한걸. 두 사람 모두 단순히 에로한 수준을 넘어섰다.

"마사키…… 더 해줘도 돼♡"

"나, 나도…… 하고 싶은 대로 해도 좋아♡"

유즈키와 리나는 그렇게 말하며 소파에 벌러덩 드러누웠다. 반쯤 벗겨진 속옷 밑으로 두 사람의 하얀 속살이 훤히 보였다.

두 사람이 몸을 뒤척일 때마다 G컵 가슴과 C컵 가슴이 사이즈에 맞춰 흔들렸다.

이렇게 매력적인 미소녀들을 눈앞에 두고 두 번으로 끝내는 건 불가능했다.

나는 다시 단단해진 페니스를 유즈키의 팬티에 바짝 들이대고 문질렀다. 동시에 리나의 가슴을 덥석 움켜쥐고 주물러댔다.

이대로 두 번 더 사정하고, 마지막으로 두 사람에게 페니스를 빨게 해서 리나의 얼굴에 사정하기로 하자.

유즈키는 또 리나한테만 쌌다면서 화낼지도 모르지만 그 화내는 얼굴도 귀여웠다.

오늘은 철저하게 즐기도록 하겠어……!

7. 쌍둥이는 전선으로 복귀하고 싶은 모양입니다

"와, 촬영은 정말 오랜만인걸."

유즈키, 리나와 광란의 한때를 보내고 3일 뒤.

일요일인 오늘, 나는 유즈키의 모델 복귀를 위한 첫 번째 촬영에 입회하게 되었다.

두 번째 촬영의 존재 여부는 나도 모르지만.

오늘은 스튜디오가 아닌 야외에서 촬영할 예정이었고, 무대는 자연 공원이었다.

"옷 사이즈가 예전 그대로라 안심했어. 어때, 마사키?"

"어, 어어……. 무척 예쁜걸."

오늘 유즈키가 입은 옷은 배꼽이 드러난 흰 티셔츠에 데님 미니스커트. 겉에는 두툼한 검은색 재킷을 걸치고 있었다.

섹시한 콘셉트라는 유즈키의 말대로 배꼽과 허벅지가 과감하게 노출되어 있었다.

유즈키의 알몸을 몇 번이나 봤던 나도 심장이 두근거릴 정도로 에로했다.

이 에로한 모습을 촬영한 사진이 세상을 나돌게 된다니, 남친으로서 복잡한 기분이었다. 하지만 여자들이 읽는 잡지에 실린다는 모양이고, 무엇보다 유즈키가 촬영을 즐기고 있으니 참기로 했다.

"헤헤, 마사키도 솔직하게 칭찬하는 법을 배웠구나."

"……나같이 무섭게 생긴 녀석한테는 어울리지 않는 대사니까."

"얼굴이 무슨 상관이람. 마사키가 칭찬해 주니까 기쁘기만 한데."

"밖에서 함부로 그런 말을 하면……."

관계자는 촬영 스태프가 세 명, 편집자가 두 명으로 많지는 않았지만 그래도 걱정이 되었다.

"마사키가 내 남친이라는 건 이미 다 설명했는걸. 모델은 아이돌이 아니라서 남친이 있어도 상관없대."

"그, 그렇지 않아! 틴걸의 모델은 연애 금지야! 츠바사는 프로의식이 부족하다니까! 남자한테 콩깍지가 씌면 업무에 지장이 간다구!"

유즈키 옆에서는 금발의 포니테일 소녀가 버럭버럭 소리를 지르고 있었다. 사라였다.

사라도 유즈키와 비슷한 복장을 입고 있었다. 핑크색 탱크톱에 짧은 데님 외투, 그리고 허벅지가 노출된 핫팬츠.

확실히 이쪽도 섹시한 콘셉트의 의상이다.

가만히 서있기만 할 뿐인데도 색기가 절로 흘러나오다니. 역시 모델이었다.

"앗, 부르네. 마사키, 잠깐 다녀올 테니까 얌전히 기다리고 있어."

"네가 내 엄마냐."

유즈키는 내 딴죽에 미소 짓고는 스태프들이 있는 곳으로 걸어갔다.

단순히 걷고 있을 뿐인데도 뭔가 그럴듯한걸……. 아니지, 평소랑은 보법이 조금 달랐다.

모델 모드에 들어간 것일까.

"크, 유즈키…… 와, 완전 예뻐……."

"예쁘다고?"

"아, 아무것도 아냐! 그보다 너, 함부로 사진 같은 거 찍으면 안 된다?!"

"네가 유즈키를 향해서 꺼내 들고 있는 그 스마트폰은 뭐고."

어느샌가 사라는 스태프와 대화 중인 유즈키를 스마트폰으로 찍고 있었다.

"아직 촬영이 시작하지 않았으니까 괜찮아! 원래 모델은 사진을 찍히는 게 일인 직업이라고!"

"뭐, 사라도 도촬은 조심해. 아니면 뭔가 다른 이유라도 있는 거야?"

"……무슨 소리래."

사라는 퉁명스럽게 고개를 홱 돌렸다.

틀림없었다. 사라는 주변을 경계하고 있다.

열정적인 팬일까. 아니면 그런 수준을 넘어선 스토커일까.

"아리스도 그렇고, 요즘 들어서 주변이 뒤숭숭하네."

"아리스?"

"아무것도 아냐. 위험하면 내가 힘을 빌려줄게. 나름 실적도 있어."

"실적? 하긴, 넌 경찰이나 자위대에 들어가면 어울릴 것 같다.

그래도 괜찮아. 원래 사라같이 대중에게 노출되는 직업을 가지면 주변의 시선을 의식하게 되는 법이거든."

"그래도 정말 위험해지면 꼭 말해. 유즈키의 덤…… 아니, 친구는 나한테도 타인이 아니니까."

"치, 친구가 아니라 라이벌이야! 친구라고 불리느니 차라리 덤이라고 불리는 게 낫겠네!"

"아무리 생각해도 덤보다는 친구가 낫지 않나."

어째서 세상에는 자신을 덤으로 취급하려는 여자애가 이렇게 많은 걸까.

"어라, 벌써 촬영이 시작됐네. 우선 테스트로 한 명씩 찍어보는 건가."

카메라맨이 유즈키 앞에 서서 커다란 카메라로 촬영을 시작했다.

"오, 대단한걸……. 포즈가 뭔가 그럴듯해."

"크윽, 오랜만의 촬영인데 왜 저렇게 잘하는 거야……!"

사라가 분하다는 듯이 입술을 깨물었다.

"포즈를 잡는 것도 잘하고 못하고가 있는 거야?"

"당연히 있지. 얼굴이 예쁘거나 몸매가 좋은 것만으로 일류가 될 수 있는 업계가 아냐. 일개 잡지 모델이라 할지라도 말야."

"사라는 일개 잡지 모델이라고 생각하지 않는 거지?"

"……그게 뭐. 내 머리카락을 보면 알잖아. 사라는 눈에 띄길 좋아하고 남들이 좋아해 주길 바라는 관심 종자야."

"…………."

엄청나게 솔직한 여자애다.

다만, 그저 눈에 띄기 위해서 모델을 하는 가벼운 애라는 생각은 들지 않았다.

"그나저나 역시 날씨가 쌀쌀하네. 사라는 괜찮아? 나를 바람막이로 삼아도 좋아."

"생긴 거랑 다르게 상냥하네?"

"얼굴은 신경 쓰지 마……라고 말해봤자 무리겠지. 뭐, 네 말대로 무해한 놈이니까 무서워하지 않아도 돼."

"무섭진 않아. 다만……."

"응?"

갑자기 사라가 몸을 꼼지락거렸다. 어딘가 초조해 보였다.

"이, 이상하게 생각하지 말고 들어줘."

"뭔데?"

"너, 너랑 대화하고 있으면…… 어째선지 엉덩이가 간지러워."

"엉덩이? 병이라도 걸린 거야?"

"표현!"

이런. 무심코 눈치 없는 발언을 해버리고 말았다. 나도 이제는 여자들과 교류가 늘었으니 주의해야 했다.

"너, 너 말야. 내 엉덩이를 너무 많이 쳐다보는 거 아냐?"

"네 엉덩이를 응시한 적은 없어. 슬쩍 본 거면 몰라도."

"슬쩍 보지 마. 하, 하긴…… 사라의 작은 엉덩이 같은 걸 남자들이 좋아할 리 없지. 맞아, 그런 남자가 어딨겠어!"

"말하다가 갑자기 화를 내네."

남자들이 사라의 엉덩이에 흥미가 없다는 건 잘못된 생각이다.
이런 미소녀의 엉덩이라면 누구나 관심을 가질 것이다.

다만, 사라의 말처럼 응시한 적도 없고, 엉덩이에 무슨 짓을 한 적도 없었다.

"아, 아마도 기분 탓이겠지. 미안. 정말로 이상한 소리를 해버렸네."

"사과할 거 없어. 요즘 내 주변에는 이상한 일투성이거든."

"마사키 씨, 반가워요."

"응?"

등 뒤에서 목소리가 들려와 돌아보니 후우카가 있었다.

얇은 크림색 스웨터에 검은색 롱 스커트. 어깨에는 가방을 메고 있었다.

청초한 아가씨다운 복장이었다.

"후우카? 뭐야, 너도 견학을 온 거야?"

"네. 츠바사 가문의 차를 타고 왔어요."

후우카는 빙그레 웃으며 다가왔다.

"어, 누구…… 어라? 왜, 왠지 유즈키랑 닮은 듯한…… 잠깐, 아예 똑같이 생겼는데?"

"오. 보자마자 눈치채다니 제법인걸, 사라."

유즈키는 갈색 머리에 스타일도 화려했고, 반대로 후우카는 흑발에 청초한 스타일이었다. 그래서 처음 보면 두 사람이 쌍둥이라는 사실을 알아채기 힘들었다.

모델이라서 여성의 외모를 구분하는 게 능숙한 모양이었다.

"아, 처음 뵙겠습니다. 저는 츠바사 후우카라고 해요. 저희 언니가 늘 신세를 지고 있습니다."

"에엑! 설마 쌍둥이야?! 사라, 유즈키한테 쌍둥이 여동생이 있다는 거 처음 알았어! 어째서 가르쳐 주지 않은 거야!"

"후후, 언니는 다른 사람을 놀래키는 걸 좋아하거든요. 지금 같은 반응을 기대하고 있었던 거 아닐까요?"

"……그러면 결국 못 본 셈이구나. 꼴 좋다, 유즈키."

사라는 유즈키가 있는 곳을 흘끔 쳐다보았다.

테스트 촬영이 끝났는지 스태프들과 함께 타블렛 기기를 들여다보고 있었다.

찍은 사진을 확인하고 있는 것일 테지.

"앗, 후루카와 사라라고 합니다……. 츠바사, 아니, 유즈키와는 모델 동기라서 예전에 함께 활동했어요."

"알고 있어요. 전에 언니한테 들었거든요. 엄청 귀엽고, 일도 열심이라고요."

"뭐?! 유, 유즈키가 그런 말을 했다고? 어휴. 틀린 말은 아니지만 그렇게까지 말하면 쑥스럽잖아!"

"아야!"

어째서인지 사라가 내 등을 찰싹 때렸다.

쑥스러워하는 건 좋은데 그걸 감추려고 사람을 때리지는 마.

사라는 혼란스러운지 '츠바사'와 '유즈키'라는 이름을 섞어서 사용하고 있었다.

"어라?"

"어? 왜? 이름이…… 후우카 씨라고 부르면 되나……?"

"원하시는 대로 불러주세요. 왠지 어디선가 만난 것 같은 기분이 들어서요."

"어디서? 촬영 현장에 온 적이 있었어?"

"아뇨, 오늘이 처음이에요. 언니가 모델을 할 무렵에는 다른 학교에 다녔거든요. 그래서 방과 후에 따로 행동하는 경우가 많았어요."

"그렇구나. 그러면 아마 만난 적은 없을 거야. 아, 그렇지. 생각해 보면 간단해. 유즈키가 실려있는 잡지를 읽은 거겠지. 사라는 유즈키랑 대부분의 사진을 함께 찍었거든."

"아하. 그렇게 된 건가요."

"……왜냐하면 난 유즈키의 덤이니까. 아하하……."

사라의 입에서 메마른 웃음 소리가 흘러나왔다.

스스로를 덤이라고 부르며 자조하고 있었다.

"세라! 잠깐 이쪽으로 와봐!"

"앗, 알겠어! 그렇게 큰 소리로 부르지 않아도 잘 들린다구! 지금 갈게!"

스태프들과 함께 있는 유즈키가 사라를 향해 팔을 흔들었다.

사라는 투덜거렸지만 입가에는 어렴풋이 미소가 걸려 있었다.

유즈키가 불러줘서 기쁜 것일까. 역시 사라는 동기나 라이벌 이전에 유즈키의 팬일지도 모른다는 생각이 들었다.

"후우카. 오지 않을 거라고 생각했어. 어떻게 된 거야?"

"언니는 화려한 세계에서 사는구나 싶어서요. 그 모습을 다시 한번 확인하고 싶었어요."

"……있잖아, 후우카."

나는 후우카에게 한 걸음 다가갔다.

"덤이니 뭐니 하는 걸로 너무 고민하지 마. 너를 유즈키의 덤으로 받아들였던 내가 이런 말을 할 자격은 없지만……."

"제가 덤이 되길 자처하고, 유즈 언니도 인정했으니 마사키 씨는 잘못한 게 없어요."

후우카는 다시 한번 미소 지었다.

"게다가 언니의 덤으로 취급받는 것도 그렇게 나쁜 기분은 아니었어요. 제가 화려한 언니에 비해서 수수한 건 사실이니까요."

"아니, 후우카는 전혀 수수하지 않아. 이건 진심이야."

얌전하고 청초한 건 사실이지만 이런 미소녀가 수수하다니 말도 되지 않았다.

"그건 그렇고, 후우카. 계속 묻고 싶었는데, 덤에서 졸업한 것 치고는 꽤나 조용한걸. 나를 슈우카 여고의 축제에 데리고 간 걸 제외하면 별다른 행동을 취하지 않았지?"

"저는 얌전한 캐릭터니까요. 너무 막 들이대면 캐릭터 붕괴잖아요."

"글쎄. 처음부터 꽤나 막 들이댔던 것 같은데."

처음으로 야한 짓을 했을 때도 그랬다. 유즈키는 그나마 같은 반 친구로서 면식이라도 있었지만, 후우카와는 처음 만난 사이었다.

얌전한 캐릭터와는 거리가 멀었다.

"요즘에 제가 얌전해진 건 별다른 이유가 있어서는 아니에요.

굳이 말하면 마사키 씨가 아리스를 구해주셨기 때문이에요. 보답도 하지 못했는데 막 들이대는 건 뭔가 아니다 싶어서요."

"구해줬다고 할 만큼 대단한 것도 아니었고, 후우카가 그 일로 부채감을 느낄 필요는 없지 않을까. 굳이 보답할 필요는 없어."

"그래도 아리스는 제 소중한 친구인걸요."

이 말을 들으면 아리스는 울면서 기뻐할 테지.

"그리고…… 슬슬 다시 들이댈까 생각하던 참이었어요. 뭣하면 지금 여기서라도 괜찮고요."

"그, 그렇게 말하니 무서운걸."

나는 무심코 뒷걸음질 쳤다.

"하아…… 가까이서 본 유즈키는 역시 완전 예뻤어. 사라의 전속 모델로 삼아서 사진을 마구 찍어주고 싶어……. 사라의 디지털 카메라가 불을 뿜는구나!"

"그게 무슨 소리야, 사라?"

"헉?! 마, 마사키. 거기 있었어?!"

"아까 전부터 여기에 있었잖아. 진짜로 무슨 소리래."

어느새 이곳으로 돌아온 사라가 흐물흐물한 얼굴로 수상한 말을 중얼거리고 있었다.

"사라 씨는 유즈 언니 덕후군요."

"누, 누가 덕후라는 거야! 어디까지나 동기이자 같은 모델일 뿐이야!"

덕후라는 건 팬을 일컫는 말일까.

"츠바사는 사라의 라이벌이야! 이번 촬영에서도 지지 않을 거야! 사라가 메인을 맡고 말겠어!"

사라가 검지로 후우카를 척 가리키며 말했다.

"하지만 테스트 촬영을 해봤더니…… 유즈키가 나보다 앞에 있고, 중심에 있고, 더 크게 찍혔더라……. 유즈키가 메인이라서 기쁘긴 한데, 사라가 덤이 돼서 분해!"

"복잡한 성격이구나, 사라는."

유즈키에게 이기고 싶다는 마음과 팬으로서 숭배하는 마음이 부딪히고 있는 모양이었다.

"그럼 사라 씨는 유즈 언니한테 이기고 싶은 건가요?"

"마, 맞아. 모델 일로는 아직 무리일지도 모르지만……."

"여자로서도 지고 있네요. 보시다시피 유즈 언니한테는 남자친구가 있으니까요."

"윽……!"

사라는 충격을 받았다는 듯이 뒷걸음질 쳤다.

이런. 이 금발 트윈테일 소녀는 의외로 멘탈이 약하니 너무 몰아세우지 말았으면 좋겠다.

"아, 죄송합니다……. 저 같은 일반인이 인기 모델인 사라 씨한테 건방진 소리를……."

"츠바사랑 똑같이 생겨서 그런지 건방진 소리를 해도 전혀 위화감이 없네……. 후우카라고 했지? 하나만 물어도 괜찮을까?"

"네, 뭐든지 물어보세요."

후우카가 미소 지으며 고개를 끄덕였다.

"츠, 츠바사…… 으, 그냥 유즈키라고 부를래! 유즈키 말인데,

왠지 전보다 야릇해진…… 아니, 섹시해진 것 같던데. 어떻게 된 거야?"

"물론 사귀고 있는 사람이 있어서죠. 유즈 언니와 마사키 씨는 굉장히 어른스러운 관계거든요."

"어른스러운 관계?!"

"그러니, 사라 씨. 어지간한 각오로는 유즈 언니에게 이길 수 없어요. 언제까지고 유즈 언니의 덤으로 남을 뿐이에요."

"…………."

이건 누구를 두고 하는 말일까?

사라에게 한 말일까, 아니면 후우카 본인에게 하는 말일까.

"뭐, 저도 마사키 씨랑 사귀는 관계이긴 하지만요."

"뭐어?!"

"마사키 씨는 그릇이 크신 분이거든요. 쌍둥이인 저랑 유즈 언니를 함께 받아들여 주셨어요."

"저, 정보량이 너무 많아서…… 따라가질 못하겠어."

"어렵게 생각할 필요 없어요. 저랑 유즈 언니는 세트거든요. 그래서 사귀는 남자도 같아야 하죠."

"…………."

사라는 나를 쳐다보았고, 나는 하는 수 없이 고개를 끄덕였다.

나와 츠바사 자매가 사귄다는 사실은 학교에서도 모르는 사람이 없기 때문에 사라에게 털어놔도 문제 될 건 없었다. 하지만 그래도 사라는 굉장히 혼란스러워하고 있었다.

중요한 촬영을 앞두고 괜한 소리를 해버린 건 아닌가 모르겠다.

"수고하셨습니다!"
유즈키의 목소리가 공원에 울려 퍼졌다.
나와 후우카는 방해가 되지 않도록 멀찍이 떨어져 촬영을 견학했는데, 이게 생각보다 재밌었다.
유즈키와 사라가 공원을 돌아다니면서 포즈를 잡고 사진을 찍을 뿐인데도 말이다.
사진 촬영과 함께 동영상 촬영도 진행되었는데, 동영상 투고 사이트에 메이킹 필름을 업로드하기 위해서였다.
인터뷰 등을 진행하느라 오히려 동영상 촬영 쪽이 시간을 더 잡아먹었을 정도다.
"지금은 동영상의 시대네요."
"말하는 게 할머니 같네"
나는 옆에서 감상에 젖어있는 후우카에게 쓴웃음을 지어 보였다.
"유즈 언니, 대단했어요. 멀리서 보는데도 포즈가 눈에 확 띄더라고요."
"확실히 당당하더라. 공백기가 있다는 게 거짓말 같았어."
"언니는 예전부터 저랬어요. 누구 앞에서든 당당하고, 모두에게 사랑받았죠."
"당당한 건 후우카도 마찬가지잖아."
후우카는 얌전한 분위기와 달리 자기 주장이 강한 성격이었다.
유즈키와 후우카의 성격은 그야말로 정반대지만, 근본적인 부분에서는 오히려 닮아있었다.

"여, 여기 있었구나…… 두 사람 다……."

사라가 당장이라도 죽을 것 같은 얼굴로 비틀비틀 걸어왔다.

근처에 벤치가 있었기 때문에 일단은 앉기로 했다.

"하아, 드디어 끝났네. 유즈키는 마음에 안 드는 부분이 있는지 스태프랑 레이아웃 같은 걸 조정하고 있어."

"모델은 그런 것까지 하는 거야?"

나는 모델은 사진만 찍으면 되고 나머지 작업은 카메라맨과 편집자의 일이라 생각하고 있었다.

"당연히 보통은 안 하지. 사라도 안 하고. 그 부분은 스태프한테 맡기고 있어. 사실은 사라도 하고 싶지만……."

"하면 되잖아."

"편집에 개입하는 건 특별 취급받는 사람만 가능해. 사라는 아직 틴걸의 에이스라고 말할 정도는 안 되거든."

"표현하고 싶은 게 있으면 한번 부탁해 볼만하다고 생각하는데……."

하지만 이건 외부인의 무책임한 발언일 수도 있었다.

"그보다 이것 좀 봐봐, 후우카. 그리고 너도!"

"이제 슬슬 내 이름을 외워주지 않을래?"

지금까지 참았으면 충분히 태클을 걸 만하다고 본다.

"촬영하는 도중에 찍은 거거든? 완벽하지 않아?"

"뭐가 완벽하다는…… 아, 유즈키를 찍은 사진이구나."

"와. 유즈 언니, 다른 사람 같네요."

사라가 내밀어 보인 스마트폰 화면에는 유즈키의 사진이 띄워져 있었다.

유즈키는 두 팔을 치켜든 자세로 공원의 나무에 기대어 미소 짓고 있었다.

유즈키는 두꺼운 검은색 재킷 아래에 하얀 티셔츠를 입고 있었는데, 그 티셔츠의 옷자락이 크게 뒤집혀 있었다. 그 탓에 배꼽뿐 아니라 브래지어까지도 살짝 엿보였다.

데님 미니 스커트도 상황은 비슷해서 허벅지가 드러나 보일 정도로 말려 올라가 있었다.

의상뿐만이 아니었다. 유즈키의 전신에서 말로 설명하기 힘든 색기가 풍겨 나왔다.

"유즈키, 엄청나지?! 진짜, 지이이이이이인짜로 에로해!"

"진짜가 너무 길어."

최대한 강조하고 싶어지는 그 심정은 이해가 되었다.

이 사진 속의 유즈키는 정말로 에로했다.

포즈는 발랄해 보일 정도건만 어째서 이렇게도 색기가 묻어나는 것일까.

"세, 섹시함으로는 유즈키한테 당해낼 수 없겠어……. 다음 촬영도 섹시 콘셉트로 정해졌는데! 수요가 많아서 뺄 수도 없다구!"

"요즘 여학생들은 너무 섹시함만 추구하는 거 아닌가."

내 주변에도 이상하리만치 색기가 넘치는 여자들투성이였다.

그건 그렇고, 다음 촬영도 이미 정해져 있었구나.

"어, 어떻게 하면 저렇게 에로해질 수 있는 거지?! 사라도 날씬하고 가슴도 크단 말야! 이래 봬도 사이즈가 87cm나 된다고!"
"내 앞에서 구체적인 사이즈를 말하지 마."
사라는 무언가에 몰두하면 주변이 보이지 않는 타입인 듯하다.
마치 뜬금없이 내 제자가 되어버린 아리스 같았다.
"저기, 사라 씨. 사라 씨는 남성분을 사귈 생각이 없으신 건가요?"
"따, 딱히. 사라는 모델이니까. 어느 한 사람의 여자가 아니라 모든 팬들의 이상형이야."
이전에도 한 번 태클을 걸었지만 그건 아이돌 아닌가.
"하지만 언니와 동기라는 건 사라 씨도 고등학교 1학년 때 데뷔했다는 뜻이죠? 그 전에는 사귀는 분이 없었나요?"
"윽……."
사라가 몸을 움츠렸다.
"무, 물론 사라도 남자랑 사귀어 본 경험 정도는 있어! 꽃미남만 골라서 몇 명을 갈아치웠는데!"
"요즘에 갈아치운다는 표현은 잘 안 쓰지 않나……."
"시끄러워! 모델이 됐으니까 한동안 안 사귀고 있을 뿐이야! 마, 맞아. 중고녀라고!"
"…………."
나는 후우카에게 얼굴을 가져가 귓속말을 했다.
"어떡하지. 아무리 봐도 거짓말인데."
"눈치채지 못한 척하는 게 예의예요, 마사키 씨."
그렇게 말하니 후우카도 무슨 생각을 하는지 모르겠다.

"그러면 색기로 유즈 언니한테 이기기는 어렵겠네요. 유즈 언니는 매일같이 저희와 야한 짓을 하거든요."

"야, 야한 짓……. 뭘 하는데?"

"잠깐 귀를 빌릴게요."

후우카는 사라에게 다가가 귓가에 대고 속삭였다.

"어? 어어? 그, 그런 것까지…… 응? 잠깐, 그게 뭔데? 어째서 그런 짓을…… 뭐어?! 거짓말!"

후우카가 귓가에 대고 하나하나 설명할 때마다 사라는 눈을 동그랗게 뜨면서 소리쳤다.

만화였다면 트윈테일이 번쩍 튀어오를 정도로 놀란 눈치였다.

후우카는 도대체 무슨 말을 하고 있는 거람.

"이, 있잖아, 너…… 이름이 나카바라고 했지?"

"드디어 이름으로 불러주는구나."

여자친구들도 나를 성으로 부르는데 사라는 나를 이름으로 불렀다.

하긴, 나라카도 나를 '나카바 씨'라고 부르니 문제 될 건 없었다.

"유, 유즈 혼자서만 그런 짓을 하다니, 치사해! 사라한테도…… 야, 야한 짓을 가르쳐 줘!"

"뭐어?!"

나는 이미 저것과 똑같은 대사를 몇 번이나 들었었다.

하지만 백 번을 더 들어도 지금처럼 놀라고 말 것이다.

"제정신이야, 사라? 피곤해서 말실수를 하는 거지?"

"제정신이고, 말실수도 아냐! 이대로면 승부가 공평하지 않잖아!"

"차라리 네가 갈아치워 왔던 남친 중 한 명한테 부탁하면 되지 않을까?"

나는 침착하게 대꾸했다.

이 이상 여자친구도 아닌 여성에게 손을 댈 수는 없었다.

"그, 그런 거 없어! 인정할게! 후루카와 사라는 단 한 번도 남자친구를 사귄 적이 없습니다! 사라한테 접근하는 건 언제나 이상한 남자들뿐입니다!"

"존댓말은 안 써도 돼."

"마사키 씨, 너무 그렇게 괴롭히면 불쌍해요."

"내가 나쁜 거냐……."

하지만 후우카 말대로 짓궂은 말이긴 했다. 반성하자.

"어쨌든 일단 진정해, 사라. 우리가 만난 건 이제 고작 세 번째잖아. 무엇을 어떻게 하든 네 자유야. 하지만 굳이 나한테 부탁할 필요는 없잖아."

"후, 후후후……. 유즈키한테서 남자친구를 빼앗아 버리겠어……. 사라, 나쁜 여자가 될 거야……."

"…………."

저런 말을 입 밖에 꺼내는 시점에서 나쁜 여자가 되기는 글렀다.

"물론 남자친구를 빼앗는 것도 사라의 자유지만, 나는 유즈키와 후우카 이외의 사람과 사귈 생각이 없어."

"……그렇구나."

불현듯 사라가 나를 향해 진지한 표정을 지었다.
“하지만 말야, 나카바.”
“응?”
“어째서일까……. 너라면 괜찮을 거라는 기분이 들어.”
“오히려 내가 궁금하네. 도대체 어째서?”
사람들은 내 얼굴을 보면 벌벌 떠는 게 보통이다.
어째서 굳이 나랑 야한 짓을 하려는 건지 이해가 되지 않았다.
“애초에 유즈키가 허락할 리가 없잖아. 지금 사라는 나를 빼앗겠다고 선언했으니까.”
“저는 허락할 건데요?”
“후우카의 의견은 알겠어. 하지만 유즈키의 의견도…….”
“잊으셨나요, 마사키 씨?”
후우카는 멀리서 스태프들과 대화하고 있는 유즈키를 손가락으로 가리켰다.
“저희는 듀얼 트윈즈. 서로의 감정을 공유하고 있어요.”
“……후우카가 허락한다는 건 유즈키도 허락한다는 뜻이다, 이거야?”
내 질문에 후우카는 고개를 끄덕였다.
지금까지의 경험에 비춰보면 확실히 틀린 말은 아니었다.
유즈키와 후우카는 언제나 같은 생각을 했고, 나를 동시에 좋아하게 되었으며, 지금도 좋아해 주고 있었다.
나는 정말 사라와 살을 맞대도 괜찮은 걸까……?
더블 마인드. 내게는 두 개의 동일한 인격이 존재했다. 그렇기에 머릿속에서 두 개의 인격으로 동시에 생각을 했다.

사라의 제안에 대한 대답은…… 예스였다.

후우카가 허락한다면 유즈키의 덤인 사라도 받아들일 수 있었다.

나는 유즈키와 후우카만을 좋아하고 있을 뿐인데 어째서 이렇게 되어버리는 것일까. 나 자신이 이해가 되지 않았다.

얼마 후. 우리는 그랑리베시아 요코하마로 귀환했다.

유즈키는 아직 돌아오지 않았는데, 이번에 찍은 사진에 관해 스태프들과 사무실에서 의논할 게 있다는 모양이었다.

그래서 나와, 후우카, 사라까지 셋이서만 아파트로 돌아오게 되었다.

사라 주변에 수상한 녀석들이 알짱거리는 듯했기 때문에 혼자서 돌려보낼 수는 없었다.

하지만 문제는 지금부터였다.

"헤에. 저, 2층에 와보는 건 처음이에요."

"나도야. 복도의 인테리어가 미묘하게 다른걸……."

"시끄러워. 최상층만큼 돈을 들이지 않았을 뿐이야. 됐으니까 이쪽으로 와."

사라는 2층 복도를 걸어가 막다른 곳에 위치한 문을 열었다.

여자애의 집에 들어가려니 저항감이 있었지만, 본인의 집에서 하고 싶다는 사라의 말에 어쩔 수 없이 따라오게 되었다.

"괜찮아. 사라네 집에는 아빠만 계시고, 그 아빠도 집에는 거의 안 들어오니까."

"아버님이 츠바사 가문 산하 회사의 사장이시랬나?"

"뭐야, 알고 있었어? 맞아. 유즈키네 가문의 충신 집안이야."

"충신이라니……."

사라는 태도는 거만한데 자학이 심한 편이었다. 복잡한 성격이다.

어쨌든 나와 후우카는 사라의 집에 발을 들였다.

집의 구조는 내가 거주하는 곳과 비슷했지만, 미묘하게 다르기도 했다.

사라의 말대로 최상층이라서 돈이 더 많이 들어간 걸지도 몰랐다.

"얘기는 거실에서 나누면 되겠지? 그러면 내가 차를……."

"와, 사라 씨. 저건 뭔가요?"

"저거라니…… 꺄아아악! 망했다, 문을 열어두고 나갔었어!"

복도를 걸어가던 와중, 후우카가 어느 방 앞에 걸음을 멈추고 안을 들여다보았다.

무례한 행동이지만 문이 열려있었으니 방 안의 모습이 보이는 건 어쩔 수 없었다.

아무래도 이곳은 사라의 방인 듯했다.

커튼과 침대까지 온통 핑크색으로 물든 귀여운 여자 방이었다. 다만 한 가지 특기할 만한 점이 있었다.

"어라, 유즈 언니네요."

"봐, 봤구나……! 아무한테도 보여준 적 없었는데!"

사라는 허둥지둥 방으로 뛰어 들어가 벽에 붙어있는 포스터를 몸으로 가렸다.

사라가 가리고 있는 포스터에는 유즈키의 사진이 찍혀있었다.

“벌써 다 봐버려서 숨겨도 소용없어, 사라…….”

“맞아요. 애초에 숨길 만한 물건도 아니잖아요?”

“그, 그치만……!”

사라는 창피하다는 듯이 고개를 좌우로 마구 흔들었다. 금발의 트윈테일이 덩달아 휘날렸다.

나와 후우카는 누가 먼저랄 것도 없이 방 안으로 들어갔다.

“그치만 이걸 보여주면 사라를 유즈키의 팬이라고 생각할 거잖아!”

“유즈키의 팬 맞잖아, 사라는.”

“으으으……. 이제 다 틀렸어. 날 이곳에 묻어줘.”

“전국시대 무장이냐, 넌.”

사라는 내 앞에서 힘없이 털썩 주저앉았다.

덕분에 드디어 포스터가 또렷이 보였다.

포스터 속 유즈키는 캡모자를 쓰고 있었고, 짧은 재킷과 탱크톱, 슬림한 청바지를 입고 있었다.

“웬일로 보이시한 느낌으로 입었네.”

“유즈 언니는 한때 이런 복장을 자주 입었어요. 요즘에는 귀엽거나 섹시한 의상을 선호하는 것 같지만요.”

“그랬구나. 그나저나 이 포스터, 상당히 커다랗네. 패션 잡지에서 부록으로 포스터도 주는 거야?”

"글쎄요. 틴걸에서는 포스터를 제공하지 않는 걸로 알아요. 사라 씨, 이 포스터는 어디서 난 건가요?"

"……편집부에서 촬영 데이터를 받은 다음에 전문점에 가서 프린트했어."

"역시 찐팬 맞잖아."

대부분의 사람들은 사진을 받더라도 스마트폰에 넣고 보는 걸로 만족한다.

"유즈키가 찍힌 커다란 포스터를 매일 바라보고 싶었어……. 바라보고 싶었단 말야……!"

"굳이 그렇게 비장한 말투로 털어놓을 것까지야. 뭐, 포스터 정도는 괜찮겠지."

후우카의 말처럼 숨길 만한 물건도 아니고, 부끄러워할 일도 아니었다.

"저, 저기, 유즈키한테는 비밀로 해줄 거지? 들키면 기분 나쁜 애라고 여겨질 거야."

"제가 안다는 건 유즈 언니도 안다는 거나 마찬가지예요."

"에엑! 너, 너희는 텔레파시로 이어져 있는 거야?"

"그 정도는 아니지만요. 다만, 저는 언니한테 뭔가를 숨기고 싶지 않아요."

"그래도 다른 사람의 프라이버시는 별개지! 부탁해! 뭐든지 할게!"

"아, 죄송해요. 농담이에요. 저도 해도 되는 말과 안 되는 말 정도는 구분할 줄 알거든요. 하지만 유즈 언니도 기뻐할 거예요. 저는 알 수 있어요."

"그, 그래? 여동생이 하는 말이니 사실일지도……. 만약 유즈키가 나를 기분 나쁜 애로 여긴다면 나는 목숨을 끊을 수밖에 없어……."

사라가 무서운 소리를 중얼거렸다.

찐팬보다는 광팬이라고 표현하는 게 낫겠다는 생각이 들었다.

"그건 그렇고, 마침 침대도 있네요. 여기서 하면 되겠어요."

"앗! 사, 사라한테 무슨 짓을 하려고?!"

"마사키 씨를 유즈 언니한테서 빼앗겠다고 하지 않았어요?"

"아, 그랬지……. 겸사겸사 야한 짓을 배워서 섹시한 콘셉트로 유즈키를 뛰어넘기로 했었어."

"그쪽이 겸사겸사면 어떡해."

그러고 보니 리나도 색기를 갖추기 위해 야한 짓을 요구해 왔었다.

패션 잡지의 섹시 특집도 그렇고, 섹시해지고 싶은 여고생이 늘어나는 추세인 건가?

"다시 생각하면 사라도 충분히 에로한 거 같아. 조금 마르긴 했지만 이 부분만 해결하면 유즈키를 뛰어넘어서 해외 진출을 이룩할 수 있을지도 몰라."

"갑자기 커다란 꿈이 생겨버렸네."

다만, 말랐다는 점은 일리가 있었다.

사라는 가냘프다는 표현도 부족할 만큼 마른 체형이었다.

한동안 튼실한 아리스의 몸에 몰두해서 더 말라 보이는 걸지도 몰랐다.

“그렇네요. 남성분들은 조금은 살집이 있는 여자를 좋아하는 경향이 있어요. 참고로 저도 마른 편이긴 하지만 나와야 될 부분은 나온 편이죠.”

“자랑하는 거야?! 사라는 필사적으로 다이어트를 해서 이 몸을 만들었어! 틴걸의 독자 중 많은 사람들이 사라의 슬랜더 보디를 동경하고 있다구!”

“그러면 그대로도 괜찮은 거 아닐까요?”

“저, 정말 괜찮을까…….”

사라는 자신의 허리를 붙잡고 고개를 갸웃했다.

“그, 그렇지! 나카바, 사라의 몸을 봐줘!”

“보고 있는데.”

“그게 아니라! 옷 아래 보디 라인을 봐달라고! 나의 이 슬랜더 보디를 나카바한테 보여줄게! 아무나 못 보는 거니까 감사하도록 해!”

“자, 잠깐만, 사라 너 설마……!”

사라가 입고 있던 데님 재킷을 벗고 탱크톱과 핫팬츠 차림이 되었다.

“하, 하나도 안 부끄러워! 프로 모델은 패션쇼를 할 때 남자 스태프 앞에서도 옷을 갈아입는다고!”

“사라는 잡지 모델이잖아.”

“괘, 괜찮대도! 이, 이 정도는…… 아무렇지도 않아!”

사라는 두 눈을 질끈 감더니 입고 있던 핫팬츠를 벗어 내렸다.

탱크톱 밑으로 등장한 것은 귀여운 핑크색 팬티였다.

"이, 이쪽도…… 이쪽도 간다!"

사라는 영문 모를 소리를 외치면서 기세 좋게 탱크톱을 벗어버렸다.

팬티와 마찬가지로 핑크색의 브래지어가 모습을 드러냈다.

탱크톱을 벗을 때의 반동으로 사라의 커다란 가슴이 출렁거렸다.

"우와, 사라 씨…… 몸매가 굉장하시네요."

후우카는 양손으로 입을 가린 채 감동하고 있었다. 기분 탓인지 뺨이 붉게 물들어 있는 것처럼 보였다.

"그, 그렇지? 모델은 항상 절제하면서 체형을 유지해야 하거든. 어때, 나카바?"

"……너, 정말로 말랐구나. 평소에 밥은 먹고 살아?"

"여고생의 속옷 차림을 보고 처음으로 한다는 말이 그거야?!"

"아니, 그…… 대단하다고는 생각해."

실제로 사라는 믿기지 않는 수준의 미소녀다.

그 미소녀가 브래지어와 팬티만 입은 모습으로 눈앞에 있으니 남자라면 흥분하는 게 당연했다. 다만…….

"뭐랄까, 살아있는 여자라기보다는 인형 같아."

"알 거 같아요. 일대일 크기의 등신대 피규어 같은 느낌이네요."

"이, 인형…… 피, 피규어라고?!"

살집이 없어서 그렇지 어딘가 작위적인 느낌을 주는 몸이었다.

이런 말을 하면 실례일 테지…….

"몸매가 비현실적이라서 그런 생각이 드는 걸지도 몰라요."

"그거, 칭찬 아니지?!"

사라는 반라의 몸으로 버럭버럭 화를 냈다.

이게 모델의 몸인가…….

허리는 잘록하고, 허벅지는 늘씬했다.

과장이 아니라 군살이 단 1그램도 없어 보였다.

"후우카의 말대로 남자는 살집이 좀 있는 여자를 좋아하는 걸지도 모르겠는걸……."

"그, 그게 사실이야?!"

"사라. 잠깐 뒤로 돌아볼래?"

"뒤, 뒤로? 이러면 돼?"

갑자기 고분고분해진 사라가 뒤로 돌아 내게 등을 보였다.

등 쪽도 마르긴 매한가지라 어깨뼈가 또렷이 보였다.

핑크색 팬티를 입은 하얀 엉덩이도 보였다.

"아리스의 엉덩이랑은 전혀 다르네."

"그러게요. 아리스와는 달라도 너무 달라요."

"아리스? 전에도 그 이름이 나왔었는데. 누구야……?"

"아, 신경 쓰지 않아도 돼. 나와 후우카의 친구야."

아무리 그래도 아리스의 그 튼실한 엉덩이와 비교하는 건 실례였다.

"이 정도로 살을 빼기도 쉽지는 않았을 텐데……. 라면 같은 건 하나도 안 먹는 거야?"

"라, 라면……?"

사라가 뒤를 돌아보며 대답했다. 사라의 입가에는 침이 흐르고 있었다.

"앗! 지, 지금 건 못 봤던 걸로 해줘!"

사라는 황급히 손등으로 본인의 입가를 닦았다.

"라, 라면……. 탄탄면, 만두, 양배추 볶음밥…… 으으윽……!"

"탄탄면이랑 만두, 양배추 볶음밥이라. 각각 650엔, 380엔, 720엔으로 합계 1750엔입니다."

"라면 가게?!"

"이런, 나도 모르게 계산해 버렸네. 맞아. 정확히 말하면 라면 가게를 운영하는 부모님을 두고 있을 뿐이지만. 우리 집 라면은 싸고 맛있어."

"머, 먹고 싶……지 않아! 프로 모델은 라면 같은 거 안 먹어!"

"참는 건 몸에 좋지 않아. 가끔은 라면같이 맛있는 음식도 보급해 주도록 해. 우리 가게에 올래? 한턱 낼게."

"반라의 여자애가 눈앞에 있는데 라면 가게 영업이 웬 말이래! 그, 그보다…… 해야 할 일이 있잖아?"

"그렇네요. 참고로 사라 씨, 저도 유즈 언니랑 완전히 똑같은 몸매를 가지고 있어요."

"그게 무슨…… 어? 후우카는 언제 또 옷을 벗은 거야?!"

"후, 후우카?!"

어느샌가 후우카는 부잣집 아가씨 특유의 고급스러운 의상을 벗고 속옷 차림이 되어있었다.

마찬가지로 고급스러운 실크 재질의 흰 브래지어와 검은색 스타킹.
스타킹 밑으로는 흰색 팬티가 어렴풋이 비치고 있었다.
"유즈 언니에게 이기고 싶다면 저와 비교하는 게 가장 쉬울 거예요. 유즈 언니랑 직접 비교하는 건 싫은 거죠?"
"그, 그건 그래. 유즈키의 속옷 차림을 직접 봤다가는 코피를 흘려서 과다출혈로 죽을 거야……."
이쯤 되면 광팬을 넘어서서 단순한 변태일 가능성도 있었다.
"앗, 잠깐만! 유즈키와 몸매가 똑같다는 건…… 내가 지금 유즈키의 속옷 차림을 보고 있다는 뜻 아냐?!"
"저는 유즈 언니와 다른 사람이에요."
"…………."
후우카는 빙그레 웃고 있지만 반박을 허용하지 않는 분위기였다.
후우카가 본인을 언니의 덤이라고 말하던 것이 엊그제 같은데. 운명의 쌍둥이이자 듀얼 트윈즈이기도 한 츠바사 자매는 심지어 생긴 것조차 완벽하게 똑같았다.
혹시 두 사람은 각기 다른 인간으로 분리되고 있는 중인 것일까……?
아니, 오히려 그쪽이 자연스러운 모습인 걸지도 몰랐다.
"뭐, 머리색을 갈색으로 물들이면 유즈 언니랑 구분할 수 없지만요. 염색할까요?"
"그, 그렇게까지는 할 필요는 없어."
사라가 고개를 내저었다.

오랜만에 떠오른 사실이지만, 유즈키와 후우카의 머리색은 기본적으로 갈색이었다. 후우카가 검은색으로 염색한 것이다.

“그럼 늦었지만 슬슬 시작해 볼까요, 사라 씨.”

“시, 시작한다니 뭘…….”

“유즈 언니가 마사키 씨와 무엇을 하는지 가르쳐 드릴게요. 유즈 언니에게 이기고 싶다면 유즈 언니를 알아야겠죠.”

“이, 이봐, 후우카……!”

진심인가? 후우카는 진짜로 사라와 시작할 생각인 듯했다.

“나, 난 좋아.”

“좋은 거냐!”

“이유는 모르겠지만 왠지 나카바라면 괜찮겠다는 생각이 들거든……. 옆에는 후우카도 있으니 안심이 되고.”

“그게 무슨 뜻이야……?”

“사라도 몰라. 그래도 유즈키의 여동생이라는 부분은 이해했어. 유즈키의 여동생이라면 믿을 수 있기도 하고.”

“네, 쌍둥이기는 해도 여동생이니까요. 특히 저희 자매는 쌍둥이지만 언니와 여동생을 뚜렷하게 구분하고 있어요.”

“그렇구나……. 따지고 보면 사라도 일단은 여동생인가.”

“일단은? 그게 무슨 뜻이야?”

내가 무심코 후우카와 사라의 대화에 끼어들며 물었다.

“아무것도 아냐. 지금까지 잊고 살았을 정도인걸. 그보다…… 나카바, 후우카. 사라한테도 야한 짓을 가르쳐 줘!”

“…………”

아무래도 정말 해야만 하는 상황이 되어버린 듯하다.

하지만 솔직히 사라의 빼어난 몸매에 흥미가 없다고 말한다면 거짓말일 것이다.

"어, 어떻게 하면 될까? 사라는 유즈키에게 이기기 위해서라면 뭐든 할게!"

"그 마음가짐은 저도 배우고 싶네요."

"후우카까지 그런 소리를……."

후우카는 덤에서 졸업하겠다고 말했었다. 그건 유즈키에게 이기겠다는 뜻일까?

그렇다면 이긴다는 건 도대체 뭘까. 혹시…… 후우카가 유즈키보다 먼저 나와 일선을 넘어버리겠다는 뜻일까?

"우선은 마사키 씨한테 몸을 맡겨보세요. 걱정할 거 없어요. 마사키 씨는 저희 자매를 위해서 평소에 많은 연습을 하고 계시거든요."

"그, 그렇구나. 미, 믿음직하네."

"…………."

그 대목에서는 '연습'이라는 말에 태클을 걸란 말이다.

쌍둥이 메이드를 상대로 연습하고 있는 건 사실이지만.

어쨌든 후우카의 허락, 즉, 유즈키의 허락을 얻었으니 하는 수밖에 없었다.

"이, 이렇게 하면 섹시해 보이려나?"

"흐음……."

사라가 침대에 올라가 본인이 생각하는 최선의 포즈를 취해 보였다.
확실히 야하긴 하지만 뭔가 부족한 기분이 들었다.
"그렇군. 예전에 리나에게 색기를 가르쳐 줬을 때와는 상황이 다른가. 이번에는 유즈키에게 이긴다는 뚜렷한 목적이 있으니까."
"리, 리나?"
"신경 쓰지 마. 확실한 건 포즈가 다가 아니란 거야."
"그렇네요. 유즈 언니는 마사키 씨를 괴롭힐 때가 가장 야하거든요. 야한 모습으로 야한 목소리를 내곤 하죠."
후우카도 침대에 걸터앉아 사라를 관찰했다.
"할래! 사라도 나카바를 괴롭혀서 유즈키보다…… 유즈키보다 더 야해질래!"
"황당하기 짝이 없는 대사네. ……아니다, 아무것도 아냐."
일단은 나도 침대에 올라가 핑크색 브래지어 너머로 사라의 가슴을 주물렀다.
"꺄……."
"응?"
"왜, 왜 그래? 사라의 가슴이 뭔가 이상해?"
"그게 아니라……."
왠지 모르게 익숙한 감촉이었다.
"가슴만 커서 괴리감을 좀 느꼈을 뿐이야."
기분 탓이겠지. 나는 가슴을 주물러 사라를 흥분시켜 나갔다.
"역시 이상하게 생각…… 앗, 으응, 이, 이게 뭐야? 굉장해♡"
"어? 벌써 느끼다니……. 사, 사라 씨, 원래부터 야한 분이셨

나요?"

"아, 아니야! 남자친구는 한 번도 안 사귀어 봤다구!"

사라는 얼굴을 새빨갛게 물들이며 몸을 비틀었다.

이러한 행위가 처음인 건 분명해 보였다.

하지만 나도, 사라도 평범한 행위와는 뭔가 다르다는 느낌을 받는 모양이었다.

"좀 더 진도를 빼보자."

"꺄악! 버, 벌써 벗기는 거야?!"

나는 사라의 브래지어를 밑으로 젖혀 가슴을 노출시켰다.

가녀린 몸매와 달리 가슴의 볼륨도, 탄력도 충분했다.

가슴의 사이즈에 걸맞게 유륜의 크기도 살짝 큰 편이었다.

"입으로도 맛을 봐야겠는걸……."

"이, 입으로…… 흐앙!♡"

내가 가슴을 낼름 핥자 사라가 곧바로 반응을 보였다.

나는 유방 전체를 덥석 물고서 혀끝으로 젖꼭지를 애무했다.

오오, 어쩐지 맛도 익숙했다. 현역 모델의 젖꼭지를 맛본 적은 한 번도 없는데 말이지.

"앗, 그렇게 막 핥으면…… 저, 젖꼭지, 아앙, 딱딱해져 버려♡"

"사라 씨, 정말로 잘 느끼시네요. 저와 언니도 감도가 높아서 금세 가버리는데, 저희보다 더 민감한 것 같아요……."

"그러게 말야."

나는 몸을 일으켜 후우카의 스타킹 너머로 엉덩이를 쓰다듬었다. 그와 동시에 후우카에게 키스도 했다.

"하앗, 음, 하음……. 저도 챙겨주시는 건가요, 마사키 씨♡"
"당연하지. 내 여자친구는 어디까지나 후우카니까."
"맞아요……. 하음, 음, 쪽…… 그래도 사라 씨에게 좀 더 집중해 주세요. 저도 흥미롭게 구경하고 있거든요."
"구, 구경하지 마……. 예쁘게 생겼으면서 짓궂은 구석이 있네……. 하앗, 앗, 젖꼭지를 깨물렸어♡ 더 강하게 해도…… 괘, 괜찮을지도♡"
"우왓."
내가 다시 사라의 젖꼭지를 핥기 시작하자, 사라는 내 머리를 붙잡아 본인의 가슴 쪽으로 끌어당겼다.
이 모든 게 갑작스러울 텐데. 정말 적극적인 여자애다.
"그, 그래도 가슴은 큰 편이라 자신이 있어. 저, 젖꼭지도 커서 부끄럽긴 하지만……."
"아니, 이 정도로 큰 편이 오히려 야하다고 생각해. 계속해서 맛보고 싶어."
사라의 가슴에 얼굴을 파묻은 나는 유방을 주무르며 젖꼭지를 핥아나갔다. 그리고…….
"꺅, 저까지…… 앗, 아앗……!"
반대쪽 손으로는 후우카의 스타킹 너머로 은밀한 부위를 만지작거렸다.
그곳을 살살 문지르자 후우카의 입에서 달콤한 소리가 흘러나왔다.
"마, 마사키 씨, 갑자기 그런 곳을 만지시면…… 앗, 하앙♡"

"왜, 왜일까……. 후우카의 목소리를 들으면 오싹오싹한 기분이 들어서 흥분돼……."

사라가 무서운 소리를 내뱉고 있었다.

후우카처럼 얌전한 애를 괴롭히는데 흥분한다고? 사디스트인가?

"하앗, 하아……. 사, 사라는 가슴 정도밖에 공략할 구석이 없는데……."

"갑자기 왜 자조하고 그래, 사라. 예를 들어서 이 가느다란 허리는…… 직접 보니까 오히려 더 에로해."

"어?"

"정말로 잘록한 허리네."

나는 침대에 드러누운 사라의 허리를 양손으로 덥석 붙잡았다.

이렇게 직접 만져보니 놀라울 정도로 잘록한 허리였다.

의외로 부드럽고, 뼈도 별로 만져지진 않지만…… 그래도 역시 잘록했다.

"사라, 나중에 정말로 우리 집에 들러봐. 라면 사줄 테니까."

"다, 다음에 꼭 갈게…… 그러니 오늘은…… 사, 사라의 거기를…… 문질러 줘."

"오오……."

나는 페니스를 꺼내 사라의 핑크색 팬티에 대고 문질렀다.

"꺄악, 이렇게나 커다랄 줄은……. 앗, 다, 단단한 감촉이 느껴져……♡"

"사라의 이곳도 뜨거워지기 시작했어."

“그, 그만둬. 말하지 마……. 사, 사라도 왜 이런 짓을 하는가 싶지만, 어째선지 멈출 수가 없어!”

사라의 입에서 끊임없이 달콤한 신음 소리가 흘러나왔다.

“마사키 씨…… 저한테도…… 하음, 쪽…….”

내가 사라의 허리를 붙잡고 페니스를 문질러 대는 동안, 후우카는 몸을 일으켜 나를 끌어안았다.

나는 그쪽으로 고개를 돌려 후우카와 입을 맞추었다.

“하앗, 하아…… 가, 가슴도…… 부, 부탁드려요……♡”

“그러면 이쪽도 빨아줘야겠는걸.”

나는 사라를 계속 몰아붙이면서 후우카의 가슴으로 얼굴을 가져가 젖꼭지를 쪽쪽 빨기 시작했다.

“괴, 굉장해……. 사라, 야한 짓을 당하면서, 아앙, 후우카가 가슴을 빨리는 모습을 보고 있어……♡”

“사라. 허리를 좀 더 올려볼래?”

“으, 응……. 앗, 아앗♡”

나는 허리를 더욱 거칠게 움직여 페니스를 문질러 나갔다.

사라의 그곳은 축축하게 젖어 정체불명의 액체가 흘러내리고 있었다.

“꺄악, 앗, 더는, 안 돼, 그렇게 문지르면, 더는♡”

사라는 몸을 비틀다가 침대에 풀썩 엎드렸다.

결과적으로 작고 탱탱한 엉덩이를 내 쪽으로 들어 올린 자세가 되었다.

“내, 내가 이렇게 야한 포즈를……. 촤, 촬영장에서는 절대로 못 할 포즈야.”

“그렇겠네…….”

이런 포즈를 취하는 건 그라비아 아이돌 정도일 것이다.

어쨌든 사라의 엉덩이는 정말로 작고 귀여웠다. 나는 그 부드러운 엉덩이에 페니스를 문지르기 시작했다.

“앗, 아앙, 이미 앞쪽도 한계인데…… 엉덩이에, 사라의 못난 엉덩이에 그렇게 문질러 대면……!”

사라는 허리를 흔들어 내 페니스에 본인의 엉덩이를 밀착시켰다.

나는 한 손으로 사라의 엉덩이를 움켜쥐고 페니스를 강하게 문질러 나갔다.

“아아앗, 안 돼, 나카바, 더는 무리야……. 차, 차라리 이대로 쏟아내 줘. 사라의 엉덩이에 전부 쏟아내 줘♡”

“아, 알겠어…….”

나는 고개를 끄덕인 뒤 허리의 속도에 박차를 가했다.

사라는 몸을 움찔거리면서도 나를 향해 엉덩이를 내밀었다.

“마, 마사키 씨, 저한테도 마지막으로…… 하읍, 음♡”

내게 몸을 기대는 후우카와도 다시 한번 키스를 했다.

나는 사라의 엉덩이에서 페니스를 떼어낸 뒤, 힘차게 뿜어져 나온 액체를 사라의 귀여운 엉덩이에 잔뜩 뿌려주었다.

“하앗…… 사라의 엉덩이에 뜨거운 게 쏟아지고 있어……. 사라, 이렇게 뜨거운 건 처음이야♡”

“…………!”

뭐, 뭐지?!

사라의 엉덩이가 끈적한 액체로 범벅이 되어 부들거리는 모습을 본 순간.

어째서인지 똑같은 자세로 사정을 당했던 아리스의 모습이 겹쳐 보였다.

엉덩이의 크기도 전혀 다르건만, 어째서 아리스가 떠오른 걸까?

"왜, 왜 그래, 나카바……? 더 하려고……?"

"아, 아니. 처음부터 두 번은 힘들겠지."

"그러면 제가 청소해 드릴게요."

후우카가 침대에 주저앉은 내 앞에서 머리를 숙였다.

그러고는 혀를 이용해 페니스를 핥아주기 시작했다.

"처, 청소라니……. 그렇게까지 하는 거야?"

"아. 사라는 무리하지 않아도 돼."

"하, 할 거야, 사라도! 이, 이걸 핥으면 되는 거지?!"

"그리고 안쪽에 아직 많이 남아있어서 빨아드려야 해요."

"읏……. 아, 알아들었어!"

저걸 알아들어도 되는 건가…….

"이, 이러면…… 추릅♡"

사라는 후우카를 따라 머리를 숙이더니, 두 눈을 질끈 감고 내 페니스에 키스를 했다.

"하음, 할짝, 쪽, 하읍…… 이상한 맛이 나……. 이걸 사라의 엉덩이에 뿌린 거구나."

"맞아요. 깨끗하게 청소해 드려야 해요……. 이렇게요."

후우카는 귀여운 혓바닥을 페니스에 바짝 들이대고 낼름거리며 핥기 시작했다.

사라도 지지 않겠다는 듯이 혀를 뻗어 페니스를 핥았다. 이윽고 후우카가 자리를 양보해 주자 페니스를 입에 물고 안에 든 것을 빨아들였다.

"음, 춥, 음으읍…… 쭙, 추릅…… 이, 이렇게 빨면 돼?"

"어, 어어. 굉장해 잘하고 있어, 사라……."

나는 사라의 트윈테일 한 쪽을 붙잡으며 말했다.

"어휴, 머리카락은 붙잡지 마……. 음, 쪽, 하음……. 다, 다 빨아냈어. 이걸로 끝난 거야?"

"마지막으로 같이 뽀뽀를 하고 끝내도록 해요."

"아, 알았어. ……쪽♡"

후우카와 사라가 내 페니스에 대고 동시에 키스를 했다.

오오오……. 이 마지막 더블 키스가 제일 기분 좋았다고 해도 과언이 아니었다.

"하아……. 정말 좋았어, 후우카, 사라."

나는 후우카와 사라의 머리에 손을 얹으며 말했다.

"고맙습니다, 마사키 씨. 사라 씨도 유즈 언니에게 이길 수 있을 것 같나요?"

"아, 아직은 무리겠지. 사라는 이제 처음 경험했을 뿐이니까……. 그러니까 더 노력해야 돼. 그래도 되지?"

그렇게 질문한 사라는 페니스를의 끝부분을 입에 물고 나를 올려다보았다.

역시 잡지의 인기 모델이구나. 헛웃음이 나올 정도로 예쁜 얼굴이다.

심지어 내 페니스를 입에 물고 졸라댈 줄이야. 너무 귀여웠다.

"후우카와 유즈키가 허락한다면."

"허락해 드릴까요?"

후우카도 짓궂은 미소를 지으며 페니스에 키스를 했다.

그러자 사라는 페니스를 위아래로 핥으며 난처한 표정을 지었다.

사라도 참 대단한 녀석이다. 벌써부터 이 정도까지 하게 되다니.

"앗, 지금 문득 가능할 것 같은 기분이 들었어!"

"가능하다니?"

내가 되묻자 사라는 내 페니스에 쪽, 하고 키스를 하더니 자리에서 일어났다.

"다시 한번 촬영하고 싶어! 사라, 지금이라면 훨씬 에로한 사진을 찍을 수 있을 것 같아! 나카바, 사라의 사진을 찍어줘!"

"알았으니까 일단 옷부터 입어. 그 작은 엉덩이를 다른 사람한테 보여주고 싶진 않아."

"응? 꺄악!"

사라는 비명을 지르며 본인의 가슴과 엉덩이를 가렸다.

"쳐, 쳐다보지 마! 변태!"

"이미 보여줄 만큼 보여줘 놓고 이제 와서 무슨……."

그래도 부끄러워할 줄 안다는 건 좋은 것이다.

사라가 옷을 갈아입기 전에 저 귀여운 엉덩이를 조금 더 감상하도록 하자.

8. 쌍둥이는 노려지고 있는 모양입니다

정말로 사진 촬영이 시작되어 버렸다.

후우카는 잠시 집으로 돌아갔고, 나와 사라 둘이서 아파트를 나왔다.

사라는 오늘 촬영 때 입었던 섹시한 의상을 그대로 입고 나왔다. 안경도, 마스크도 착용하지 않은 상태였다.

"나는 사진을 별로 못 찍는데."

"피사체가 괜찮으니까 괜찮아."

"…………."

어떤 때는 자학을 하는가 하면, 또 어떤 때는 자의식 과잉인 복잡한 녀석이다.

밖으로 나온 우리는 스마트폰으로 촬영을 시작했다.

"어? 이건……."

"왜 그래? 아, 제법 잘 찍혔는걸."

"그러게. 나도 그렇게 느끼던 참이었어."

사라는 길거리에 멈춰 서서 내 스마트폰을 들여다보았다.

나는 지금껏 셀카는 물론이고 여동생인 와카바의 사진조차 제대로 찍어준 적이 없었다.

왠지 부끄러워서 유즈키나 후우카도 사진도 찍어본 적이 없었건만, 내가 찍은 사진은 의외로 괜찮았다.

"사라, 되게 예쁘게 나왔어! 으, 정말로 나카바랑 야한 짓을 해서 그런가……?"
"그, 그거랑은 별로 관계없을걸. 딱히 야릇해 보이지도 않…… 야릇해 보이네."
사진 속의 사라는 기지개를 켜고 있었는데, 그 모습에 뭐라고 표현하기 힘든 색기가 느껴졌다.
딱히 특별할 것도 없는 포즈건만.
"섹시함이라는 측면만 놓고 보면 조금은 유즈키에게 다가간 걸지도."
"조금은?! 나카바는 유즈키를 너무 편애하는 거 아냐?!"
"자신의 여자친구를 편애하는 건 나쁜 게 아니지 않나."
"윽! 그, 그건 그렇지만……."
우리는 그런 대화를 나누며 아파트 주변을 걷기 시작했다.
그러다 아파트를 벗어나 역 근처에 도착했다.
우리 아파트 주변은 조용한 편이지만, 도보로 2분 거리인 역 앞에 들어서자 갑자기 인파가 많아졌다.
"이 근처에서 사라의 사진을 찍으면 괜한 오해를 받을 거야. 내 얼굴이 얼굴이라."
"도촬범으로 오해받으면 차라리 낫지 않을까. 나카바가 사라를 협박해서 사진을 찍고 있다고 생각할지도 몰라."
사라는 키득키득 웃었고, 나도 쓴웃음을 지었다.
틀린 말이 아니었다.
"아, 그러면 내가 나카바를 찍어줄게."
"어? 뭐 하러 나를……."

"에이, 나카바의 얼굴이라면 충분히 찍을 가치가 있다고 봐. 어떤 의미로는 사라보다 눈에 띄잖아?"

"그렇게도 표현이 가능한 건가……."

지금까지 내 사진을 찍으려는 여자애가 없었기 때문에 신선한 제안이었다.

이윽고 사라는 정말로 스마트폰을 꺼내 들어 찰칵찰칵 나를 촬영하기 시작했다.

물론 사라처럼 포즈 같은 건 취하지 않았고, 표정도 없다시피 했다.

"와, 잔뜩 찍었다. 이거 봐봐."

"응."

사라가 내게 바짝 달라붙어 스마트폰 화면을 보여주었다.

이 녀석, 본인이 인기 모델이라는 사실을 까맣게 잊어버린 건가?

"사라, 이런 곳에서…… 어라? 상당히 잘 찍혔네."

초보인 내가 봐도 구도나 표정 같은 것이 상당히 잘 잡혀 있었다.

딱딱한 무표정으로 걷고 있는 내가 구도 때문인지 괜히 멋있고 남자다워 보였다.

"정말로 대단한걸, 사라."

"헤헤, 고마워."

사라는 쑥스럽다는 듯이 뺨을 붉혔다.

"사실은 사라, 사진을 찍는 쪽이 되고 싶었어."

"찍는 쪽? 카메라맨을 말하는 거야?"

사라는 얼굴을 붉힌 채로 고개를 끄덕였다.

"잡지 모델을 시작한 것도 찍히는 사람의 심정을 이해해 보자고 생각한 게 계기였어."

"그랬구나. 열심이네."

자신의 목표를 위해서 모델이라는 힘든 일을 시작하다니. 진심이 아니면 불가능했다.

댄서라는 리나의 꿈도 내게는 눈부셔 보였었다. 사라의 목표도 그에 못지 않게 훌륭했다.

"지금은 누구나 가볍게 사진을 찍을 수 있는 시대거든. 그래서 카메라로 먹고살려면 남들보다 많이 찍어봐야 하고, 찍히는 쪽의 경험도 쌓아야 돼. 모델 일도 즐겁게 하고 있기는 하지만."

"찍히는 쪽에서도 프로가 될 수 있겠는걸, 사라는. ……응?"

나는 사라의 스마트폰에 눈을 가까이 들이댔다.

"뭐 하는 거야? 잘 안 보이면 확대해서 보면 되잖아."

"아, 그렇구나. 잠깐 터치 좀 할게."

"사라의 몸은 그렇게 막 만져놓고서 스마트폰 좀 건든다고 허락을 받다니, 완전 웃기네."

"그건 그거고 이건 이거지. 어쨌든…… 이거 봐봐."

"어? 이게 뭐야?"

사진에 찍힌 내 모습은 아무래도 좋았다.

문제는 그 뒤쪽의 배경에 있었다. 역 앞 으슥한 곳에 파카를 입은 인물이 서 있었다.

후드를 깊게 눌러쓰고 있어 얼굴은 보이지 않았지만 체격으로 보아 남자인 듯했다.

"잠깐만. 다른 사진도 볼게."

나는 사라의 스마트폰을 조작해 이전의 사진으로 돌아갔다.

방금 전에 지나친 편의점이 배경으로 찍힌 사진이었다. 편의점 앞에는 자동차 한 대가 주차되어 있었는데, 그 자동차 뒤쪽에 파카를 입은 인물이 보였다.

그 인물은 명백하게 우리를 지켜보고 있었다.

"사라는 이 녀석이 주변에 있다는 걸 알고 있었어?"

"……사라, 전혀 몰랐어. 용케 알아챘네, 나카바."

"나는 내 모습뿐만 아니라 배경도 동시에 보고 있었나 봐."

더블 마인드. 두 개의 인격을 가진 나는 자신의 모습과 배경을 따로따로 감상하고 있었던 모양이다.

아마도 둘 중 하나의 인격이 사라의 주변에서 서성이는 인물을 찾아내기 위해 배경을 살폈을 것이다.

평소에는 거의 아무런 의미도 없는 내 특성이 이상한 부분에서 도움이 되었다.

"잠깐, 이 녀석은…… 설마."

나는 스마트폰을 셀카 모드로 바꿔 내 뒤의 배경을 비추었다.

그곳에는…….

"위험해!"

"사라한테서 떨어져어어엇!"

남자의 목소리가 울려 퍼졌다.

나는 곧바로 돌아서서 뒤쪽에서 달려든 파카 옷의 남자에게 발차기를 날렸다.

아리스에게 전수받은 하이킥이었다. 아니, 엄밀히 말하면 전수받은 게 아니라 슈우카 여교에서 봤던 아리스의 발차기를 멋대로 베낀 것이지만.

내 하이킥은 완벽한 궤도를 그리며 남자의 머리에 작렬했다.

"크억?!"

발차기를 얻어맞고 날아가 버리는 파카 옷의 남자.

위, 위험했다. 눈치채는 게 늦었으면 큰일이 났을지도 모른다.

"어이! 누구야, 너!"

나는 쓰러진 남자 앞에 웅크려 앉아 그의 멱살을 붙잡았다.

이 녀석은 사라의 팬이 아니라 스토커가 분명했다.

"너, 사라를 미행하고 다녔지? 설마 나한테 사라를 빼앗겼다고 생각한 거냐?"

"사, 사라는 톱 모델이 될 사람이다! 너 같은 양아치가 접근해도 될 여자가 아냐!"

"양아치는 누가 양아치야! 사라가 누구랑 함께 다니든 그건 사라가 정할 문제야!"

남자의 말에 반박한 것은 내가 아니라 사라였다.

그런 다음, 사라는 억지로 일어나려는 남자의 머리를 발로 걷어찼다.

오오, 제법인걸. 나쁘지 않은 발차기다.

물론, 파카 남자의 멱살은 내가 단단히 붙잡고 있었다.

"어……?!"

사라가 머리를 걷어차는 바람에 남자의 후드가 벗겨지며 그의 얼굴이 드러났다.

그 얼굴은…… 나도 아는 얼굴이었다.

"쿠, 쿠즈하라……?"

"어, 어떻게 내 이름을…… 쳇, 또 그 녀석인가! 하필이면 그 멍청한 형이랑 똑같이 생기다니!"

"쿠즈하라한테 동생이 있었던 건가……. 그것도 쌍둥이가."

자세히 보니 금발이던 양아치 쿠즈하라와 달리, 이쪽의 스토커 쿠즈하라는 흑발에 심지어 장발이었다.

"나는 쿠즈하라랑 같은 중학교를 나왔어. 너도야? 하지만 쌍둥이가 있다는 얘기는 들어본 적이 없는데."

"멍청한 형이랑 똑같이 취급하지 마. 나는 사립 중학교를 나왔어."

"똑똑해서 잘됐네. 머리도 좋은 녀석이 어째서 스토커 짓을 한 거야?"

"스토커가 아냐. 나는 사라에게 운명을 느꼈다고! 잡지사의 영상 채널에서 우연히 목격한 순간, 벼락이 떨어진 듯한 감동을……."

"그건 네 사정이고."

얼마 전에는 이 녀석의 형이 아리스를 집요하게 쫓아다니더니, 이번에는 동생이 스토킹인가.

어째서 이런 우연이 발생했는지는 모르겠지만 싹을 뽑아야 했다.

"이봐, 쿠즈하라 동생. 사라한테 두 번 다시 접근하지 않겠다고 약속해."

"절대로 싫어."

"…………."

내 얼굴을 보고도 무서워하지 않다니. 배짱이 두둑하군.

이 녀석은 형보다도 겁이 없었다. 하지만…….

"배짱도 부릴 때 부려야지. 배짱을 부린다고 다 옳은 건 아냐. 부끄러운 줄도 모르고 여자를 미행하다니, 멍청한 녀석."

한 대 때려주고 싶었지만 이곳은 역 앞이라 보는 눈이 많았다.

그렇잖아도 지나다니는 사람들이 술렁거리기 시작하던 참이었다.

"어떻게 할래, 사라? 경찰에다 넘길까?"

"스토커를 체포하기는 어려워. 잡지 모델이 되었을 때 이런 일도 발생할 수 있따면서 편집자님이 가르쳐 줬거든."

"그렇군……. 그렇다면."

"우왓?!"

나는 멱살을 움켜쥔 채로 쿠즈하라 동생을 일으켜 세웠다.

물론, 이 녀석을 순순히 풀어준다는 선택지는 없었다.

"그, 그만둬! 나는 폭력을 싫어한다고!"

"나도 싫어. 맞아야만 말귀를 알아듣는 바보들만 아니면 이런 짓은 안 할 텐데."

"나도 이걸 쓰고 싶지는 않았어."

"응? 무슨 소리를…… 윽!"

파지직, 하는 소리가 들리더니 저릿한 감각이 온몸을 엄습했다. 그 직후, 나는 바닥에 무릎을 꿇고 말았다.

"스, 스턴건……! 이 자식, 웃기지 마……!"

"생긴 것만 무서웠잖아? 이 망할 자식! 나랑 같이 가자, 사라! 한 번이라도 좋으니 너를 안고 싶었어!"

"꺄악……!"

쿠즈하라 동생이 내게서 벗어나 사라에게 뛰어들었다.

제길, 진짜로 웃기지 마! 이런 스턴건 따위에……!

나는 어떻게든 일어나려 했지만 온몸이 감전되어 힘이 들어가지 않았다. 근성을 발휘해, 마사키 나카바!

"저리 가! 만지지 말란 말야! 사라를 만져도 되는 건……!"

쿠즈하라에게 어깨를 붙잡힌 사라가 격렬하게 날뛰고 있었다.

잘하고 있어, 사라. 계속 저항해. 금방 도와줄 테니까……!

바로 그때였다.

"당장 떨어져라, 이 멍청한 녀석!"

우렁찬 소리와 함께 쿠즈하라 동생에게 날아차기가 작렬했다.

검은색 포니테일에 흰색 교복.

한 명의 소녀가 스커트를 나부끼며 날아올라 쿠즈하라의 머리에 발차기를 꽂아 넣었다.

쿠즈하라 동생은 다시 한번 뒤쪽으로 날아가 벽에 부딪혔다. 기절한 모양이었다.

"자, 잘했어, 아리스. 멋진 타이밍이었어."

"형님, 괜찮아? 어떻게 된 건지는 모르겠지만…… 이 녀석, 차버려도 괜찮은 거지?"

"오히려 더 차주고 싶을 정도야. 하여튼 정말 훌륭했어."

모습을 드러낸 것은 아리스였다.

이곳은 우리 아파트에서 얼마 떨어지지 않은 장소였다. 아리스는 오늘도 훈련을 받으러 오던 중이었겠지. 따라서 언제 이 근처를 지나가도 이상하지 않았지만, 그걸 감안해도 절묘한 타이밍이었다.

“아직도 뭐가 뭔지 모르겠지만, 그래도 다행이다……. 어휴, 트윈테일이 풀어졌잖아. 이게 생각보다 묶기 어렵단 말야.”

사라도 무사해 보여서 다행이었다.

쿠즈하라 동생에게 저항하느라 묶어놓았던 트윈테일이 풀려버린 모양이었다.

“일단은 포니테일로 해둬야지. 어때, 나카바? 사라의 머리, 이상하진 않아?”

“…………!”

나는 어째서 지금까지 눈치채지 못했던 걸까.

아니, 이미 몇 번이나 사라의 모습에서 그 녀석의 모습을 연상했었다.

나는 아리스를 흘끔 쳐다보았다.

금발의 포니테일을 한 사라와, 흑발의 포니테일을 한 아리스.

마르고 날씬한 몸매의 사라와, 튼실한 엉덩이와 허벅지를 가진 아리스.

물론 다른 부분도 많지만…….

헤어 스타일을 똑같이 하고 나란히 세워놓으니 확실히 알 수 있었다.

“아리스, 사라. 너희들…… 쌍둥이였어?”
“……그러고 보니, 내 여동생의 이름이 사라라고 했던가.”
“언니의 이름…… 아리스라고 했던 거 같아.”
“…………….”
아리스와 사라는 서로의 얼굴을 마주 보며 멍한 표정을 지었다.
놀란 것 같지는 않았다.
여태껏 잊고 살았지만, 생각해 보니 나한테 자매가 있었지, 하는 느낌이었다.
도저히 감동스러운 쌍둥이 자매의 재회로는 보이지 않았다.
“그리고 두 사람한테 한 가지 더 확인하고 싶은 게 있어.”
“뭘 확인하게?”
“뭘 확인해?”
두 사람이 동시에 대답했다.
“너희들은 혹시…… 듀얼 트윈즈야?”

일단 우리는 아파트로 돌아가기로 했다.
역 앞 스토커는 유우에게 부탁해 처리했다. 유우에게 전화했더니 「맡겨주세요」라고 답변이 왔다.
그러자 곧바로 경찰이 달려와 쿠즈하라 동생을 연행해 갔다.
츠바사 가문을 통해서 경찰을 움직였으니, 이 스토커에게는 두 번 다시 사라에게 접근하지 못하도록 법적인 조치가 이뤄질 것이라고 한다.
믿음직스럽기 그지없는 메이드였다. 나중에 따로 귀여워해 주면 보답이 되려나?

"후우카는 어딜 간 걸까."

집 안에는 아무도 없었다. 거실에도, 후우카의 방에도, 그리고 유즈키의 방에도.

쌍둥이 메이드는 오늘도 옆집에 있는 모양이었다.

일단 나는 아리스와 사라를 내 방에 들여보냈다.

이사를 온 지 수개월이 지났지만 여전히 개인 물품이 없다시피 한 삭막한 방이었다. 그래서 들여보내도 난처할 건 없었다.

"그보다 나카바, 정말 괜찮은 거야? 스턴건을 맞았잖아."

침대에 걸터앉은 나에게 사라가 걱정스러운 표정으로 물었다.

참고로 사라는 끙끙대며 트윈테일을 묶는 중이었다.

"그래, 멀쩡해. 그 정도로 쓰러질 만큼 약하진 않거든."

"역시 형님이야. 괜히 내 스승이 아니라니까."

언제부터 내가 스승이 된 거지? 아, 내가 스스로 스승이라 말했었구나.

"무사하면 다행이지만……. 그건 그렇고, 상황이 이상하게 됐네."

"내 말이. 예상도 못 했던 전개야."

사라와 아리스는 서로의 얼굴을 마주 보더니, 곧바로 시선을 피해버렸다.

듣자 하니, 이 쌍둥이는 어릴 적에 부모가 이혼하면서 각각 아버지, 어머니와 따로 살게 되었다고 한다. 그리고 그 이후로 한 번도 만나지 못한 모양이었다.

좀처럼 보기 힘든 케이스였다. 부모님의 이혼에 꽤나 심각한 사연이 있는 듯했다.

나도 너무 깊은 부분까지 캐물을 생각은 없었다.

어차피 내가 몰라도 되는 부분일 것이다. 두 사람만 알고 있으면 그걸로 충분했다.

“심지어, 뭐랬더라…… 듀얼 트윈즈? 쌍둥이가 똑같은 감정을 공유하는 일이 실제로 존재한다니.”

“나도 몰랐어. 아무리 쌍둥이라지만 그런 게 가능하다니……. 하지만 짐작 가는 부분은 있어. 때때로 이유도 없이 즐거워지거나, 슬퍼지거나 한 적이 있거든. 그건 아마도…….”

“사라도 몇 번인가 느낀 적 있어…….”

아리스와 사라는 다시 한번 잠깐 동안 시선을 마주쳤다.

두 사람에게는 듀얼 트윈즈에 관해 설명을 마친 상태였다.

두 사람 모두 처음 듣는다는 반응이었지만, 그래도 짚이는 부분이 있는 눈치였다.

돌이켜 보면 나도 몇 가지 생각나는 게 있었다.

사라와 만났을 때 모르는 사이인데도 불구하고 묘하게 호의적이었던 것. 만난 지 얼마 되지도 않은 후우카를 잘 따랐던 것. 이런 점들은 쌍둥이 언니인 아리스의 영향일 것이다.

그러고 보니, 사라는 나랑 같이 있으면 엉덩이가 간지럽다는 말도 했었다.

내가 아리스의 엉덩이를 잔뜩 주물렀기 때문에 사라도 영향을 받아버린 것일까.

듀얼 트윈즈라는 특성이 이런 점들까지 공유해 버릴 줄이야.

그리고 두 사람이 쿠즈하라 형제에게 노려진 건…… 설마 운명의 쌍둥이기 때문일까?

아니, 사라와 아리스의 행동이나 언행이 싱크로된다고 보기는 힘들었다.

굳이 말하자면 쌍둥이 자매에게 집착하는 쿠즈하라 형제 쪽이 운명의 쌍둥이에 가까울지도 몰랐다.

"듀얼 트윈즈……."

"듀얼 트윈즈라……."

아리스와 사라가 나지막이 중얼거렸다.

"하지만 그렇다고 해서 바뀌는 건 없어."

"맞아. 우리한테는 대수롭지 않은 문제야."

"어? 상당히 중요한 문제 같은데."

두 사람이 서로의 감정을 공유한다는 것은, 뒤집어 말하면 자신이 상대방의 감정에 좌우된다는 뜻이기도 하다.

"아마도 그렇게 대단한 건 아닐 거야. 마사키랑 간단하게 야한 짓을 저질렀던 건…… 결국 사라의 의지였는걸. 사라는 좋아하지도 않는 상대랑은 그런 짓을 하지 않아."

"나도. 만약 사라가 후우카 누님한테서 형님을 빼앗겠다고 생각해도, 나는 절대로 그런 생각을 하지 않을걸. 나한테는 누님이 최우선이니까."

"…………."

듀얼 트윈즈를 통한 감정의 공유도 쌍둥이들마다 정도의 차이가 있는 걸까?

유즈키와 후우카가 나를 좋아하는 마음은 완전히 동일했다. 반대로 아리스와 사라는 공유하는 부분이 있는가 하면, 자신만의 감정도 따로 존재하는 듯 보였다.

하긴, 아무리 신비한 능력이라도 모든 사람에게 똑같이 적용된다고 보는 건 섣부른 판단이다.

"사라는 사라의 의지로 유즈키한테 이기고 싶다고 생각하고 있어."

"…………!"

불현듯 사라가 나에게 쪽, 하고 키스를 해 왔다.

그대로 혀까지 집어넣은 사라는, 다시 입술을 떼어내고 뒤로 물러났다.

"사라는 유즈키를 좋아하고, 그래서 유즈키보다 예뻐지고 싶어. 유즈키는 내 목표야. 그러니 남자친구인 네가 비교해 줬으면 좋겠어. 언젠가 나를 더 예쁘다고 생각하게 만들고 싶어."

"그, 그건…… 어렵지 않을까. 나한테는 유즈키와 후우카가 제일 소중해."

"알고 있어. 그래도 도전해 보고 싶어."

사라는 옷을 벗어 핑크색 속옷 차림이 되었다.

"봐줘, 나카바……. 그리고 아리스도. 사라는 사라로서 살아가면서 이 몸을 만들어냈어. 쌍둥이라도 우리는 다른 사람이야."

"……나도 봐줬으면 해."

사라의 말을 이어받듯 아리스도 입고 있던 교복을 벗어 흰색 속옷 차림이 되었다.

“아리스, 사라. 굳이 이럴 필요는…….”

“나는 이 여자와 쌍둥이라는 사실이 아직도 믿어지지 않아. 듀얼 트윈즈는 더더욱 그렇고.”

“맞아. 쌍둥이라는 걸 이해하려면 이렇게 함께하는 게 가장 빠르겠지. 사라는 아직도 유즈키한테서 나카바를 빼앗을 생각이기도 하고.”

“진심으로 그런 생각을 품고 있었구나. 그렇다면 나는 너를 방해하겠어. 형님, 남자를 두려워하지 않게 된 나를 봐줘.”

“…………”

““꺄악!””

나는 침대에 걸터앉은 채로 두 사람의 허리를 끌어당겼다.

아리스의 허리는 부드러웠고, 사라의 허리는 무척 날씬했다.

“일란성 쌍둥이라도 자란 환경이 다르면 이렇게나 달라지는구나.”

나는 허리의 감촉을 확인한 뒤 두 사람을 놓아주었다.

“확실히 이렇게 보니 사라랑 나는 전혀 다른걸. 가, 가슴 크기는 비슷하지만.”

“그, 그러게……. 이상한 부분만 닮았네.”

가만히 서서 본인의 쌍둥이를 마주보던 아리스와 사라는 이윽고 서로를 끌어안았다.

완전히 동일한 사이즈의 가슴이 맞닿아 하나로 뭉개졌다.

젖꼭지의 끝부분이 정확히 맞물린 그 모습은 묘하게 야릇했다.

"자, 그럼…… 무엇이 다른지 하나씩 확인해 보자, 나카바."

"나랑 이 녀석이 어떻게 다른지 알아봐 줘, 형님."

아리스와 사라가 본인들의 가슴을 내 얼굴에 들이댔다.

나는 먼저 아리스의 젖꼭지를 할짝인 다음, 이어서 사라의 젖꼭지를 빨아주었다.

"읏♡ 가, 간지러워♡"

"꺄악, 처음부터 젖꼭지를 그렇게 세게 빨면 어떡해♡"

나는 다시 아리스의 젖꼭지를 빨고, 사라의 젖꼭지를 손가락으로 꼬집었다.

맛도, 감촉도 미묘하게 달랐다. 쌍둥이라도 이런 소소한 차이가 있구나.

"히익, 앗, 전보다도 굉장해…… 형님, 읏, 그렇게 세게 빨면……♡"

"도, 도대체 얼마나 빨렸길래……. 꺄악, 사라는 아직 서툴단…… 앗♡"

젖꼭지를 빨고, 핥고, 꼬집고, 잡아당겨 주자 쌍둥이 자매가 몸을 비틀어댔다.

방 안에 달콤한 목소리가 울려 퍼졌다. 잘 들어보니 두 사람의 목소리도 비슷했다.

현재까지 확인된 바로는 얼굴과 가슴, 목소리가 닮은 건가.

"이번에는 가장 다른 부분을 확인해 볼까……."

"그, 그건 설마…… 우리의…… 아, 알겠어♡"

"나카바 너, 무슨 짓을 시키려고…… 뭐, 뭐든지 할 거지만♡"

나는 아리스와 사라에게 지시를 내려 침대에 엎드리게 만들었다.

두 사람은 팔꿈치와 무릎을 짚은 상태로 허리를 들어 엉덩이를 뒤로 내밀었다.

"부, 부끄러워. 형님은 항상 내 엉덩이만 괴롭히더라……."

"나, 나카바, 사라의 언니한테 무슨 짓을…… 아무것도 아냐! 볼 테면 보라지!"

물론 그럴 생각이었다. 나는 두 사람의 엉덩이를 빤히 쳐다보았다.

일란성 쌍둥이면서 이렇게까지 다를 줄이야.

아리스의 엉덩이는 크고 튼실했고, 사라의 엉덩이는 작고 귀여웠다.

허벅지도 마찬가지였다. 아리스는 근육이 붙어 단단했고, 사라는 날씬했다.

이렇게 엉덩이를 내밀고 있으니 차이점을 확실하게 알 수 있었다.

"굉장한걸……. 이런데도 쌍둥이라는 사실이 오히려 흥분돼."

"꺄♡"

"흐, 흥. 아리스, 억지로 그런 귀여운 목소리를 내봤자…… 꺄악♡"

나는 아리스의 하얀 팬티 너머로 엉덩이를 쓰다듬었고, 동시에 핑크색 팬티를 입은 사라의 엉덩이도 주물러 주었다.

손바닥에서 느껴지는 엉덩이의 감촉도 전혀 달랐다.

"아리스의 엉덩이는 크고 부드러워. 사라의 엉덩이는 작고 감도가 좋은걸."

"크, 크고 부드럽다니…… 하읏, 응♡"

"엉덩이를 그렇게 세게 주무르면…… 하앙, 읏♡"

아리스와 사라는 온몸을 배배 꼬면서 엉덩이를 더욱 뒤로 내밀었다. 마치 만져달라고 조르는 것 같았다.

내가 양쪽 엉덩이를 거칠게 주무르자 아리스와 사라는 몸을 부들부들 떨기 시작했다.

""하앗, 아아아앗!♡""

쌍둥이는 몸을 활처럼 젖히며 동시에 달콤한 비명을 내질렀다.

"하아, 하아…… 영차…… 있잖아, 아리스……."

"뭐, 뭘 하는 거야, 사라……."

사라는 침대 반대쪽 방향으로 돌아눕더니, 쌍둥이 언니의 엉덩이로 얼굴을 가져갔다.

"아리스, 엉덩이가 너무 큰 거 아냐? 밥을 얼마나 먹었길래……."

"벼, 별로 안 먹거든! 사라야말로 너무 말랐어!"

아리스와 사라는 서로의 허벅지와 엉덩이를 쳐다보며 대화를 나누었다.

"아리스, 사라. 모처럼 재회했는데 그런 걸로 다투지 마."

물론 나도 알고는 있었다.

두 사람은 쑥스러워하고 있는 것이다.

쑥스럽기 때문에 괜히 불평을 하면서 싸우는 척하는 것이다.

"아리스와 사라는 일란성 쌍둥이지?"

"어, 어어. 맞아."

"사라도 그렇게 들었어."

"자라난 환경이 다르면 몸매도, 감도도 이렇게까지 차이가 나는구나……."

유즈키와 후우카는 다른 고등학교를 다니긴 했어도 줄곧 함께 자라왔다.

아사와 유우는 생활도, 업무도 항상 함께였다.

리나와 나라카는 얼굴도, 몸매도, 성격도 전혀 달랐지만, 애초에 두 사람은 이란성 쌍둥이였다.

"너희들의 엉덩이, 좀 더 맛보고 싶은데."

"아, 알겠어, 형님♡"

"사, 사라도…… 좋아♡"

"두 사람의 엉덩이 사이에 끼워서 문질러 줄 수 있을까?"

예전에 아사와 유우에게도 시킨 적이 있었는데, 정말 천국이었다.

이 커다란 엉덩이와 자그만 엉덩이 사이에 끼우면 어떤 느낌일까.

"이, 이런 짓을…… 부, 부끄러워."

"자, 자매끼리 무슨 짓을 하는 거람."

불평을 하면서도 아리스와 사라는 엉덩이 사이에 내 페니스를 끼우고 문지르기 시작했다.

두 엉덩이의 각기 다른 감촉이 페니스를 통해서 전해져 왔다.

"우읏. 두 사람의 엉덩이가 다르다는 걸 느낌으로 알겠어……!"

"바, 바보 같아……. 아앗, 아리스! 엉덩이가 너무 커! 방해되잖아!"

"사, 사라야말로 그렇게 작아서 어떻게 문지르려고!"

쌍둥이 미소녀가 엉덩이로 내 페니스를 문지르며 투닥거리고 있다.

이게 도대체 무슨 광경이람.

아리스는 커다란 엉덩이를 내리 눌러 페니스를 자극했고, 사라는 귀여운 엉덩이로 페니스의 표면을 쓰다듬었다.

아리스와 사라가 허리를 열심히 흔들 때마다 87cm에 달하는 가슴이 출렁출렁 흔들렸다.

페니스를 통해 짜릿한 쾌감이 전해져 왔다.

"꺄윽! 사라, 이러다 이상해져 버리겠어♡"

"그, 그러니까 귀여운 목소리 내지 말라고…… 꺄하앙♡"

나는 아리스와 사라의 엉덩이를 손으로 문지르면서 허리를 위로 쳐올렸다.

손과 페니스로 미소녀의 엉덩이를 맛볼 수 있다니. 최고였다.

"아리스, 사라. 이제 더는……."

"어, 얼마든지 괜찮아. 하지만 쌀 때는……!"

"마, 맞아. 싸도 좋아. 대신에……!"

아리스와 사라는 내 페니스를 놓아주며 동시에 외쳤다.

"우, 우리의 가슴에다 부탁해♡"

"사, 사라와 아리스의 가슴에다 부탁해♡"

"윽……!"

아리스와 사라는 브래지어를 벗어 똑같은 사이즈의 가슴을 노출시켰다.

그런 다음 두 사람은 본인들의 가슴을 페니스에 들이대고 스윽 쓸어 올렸다.

““꺄악!””

두 사람이 동시에 비명을 내질렀다. 내 페니스에서 뿜어져 나온 액체가 두 사람의 얼굴을 더럽혔기 때문이다.

엉덩이로 잔뜩 문지르고, 가슴의 부드러운 감촉까지 느껴버렸으니 참을 수 있을 리가 없었다. 내 페니스에서 뿜어져 나온 대량의 액체가 쌍둥이의 가슴과 얼굴을 더럽혀 나갔다.

"아아아…… 어, 엄청나게 많이 나왔어……♡"

"머, 머리카락에도 다 묻어버렸어……♡"

사정이 끝난 뒤, 아리스와 사라는 페니스를 쪽쪽 빨아서 깨끗하게 청소해 주었다.

"하아, 하아……. 쌍둥이와 함께한 첫 경험이 이런 거라니……."

"내, 내가 생각해도 바보 같아……. 그래도 엄청 좋았어……."

아리스와 사라는 만족스러운 얼굴로 서로를 향해 미소 지었다.

몇 년 만에, 어쩌면 몇십 년 만에 재회한 두 사람은 나와의 행위를 통해서 관계를 회복한 듯했다.

"머리에도 묻었어…… 이대로는……."

"그러게, 이대로는……."

아리스와 사라가 각자 묶고 있던 머리를 풀어 헤쳤다.

검은색 머리카락과 금색 머리카락이 밑으로 흘러내렸다.

두 사람은 침대에 무릎을 꿇고 완벽한 좌우 대칭으로 앉아 있었다.

흑발과 금발. 색은 다르지만 머리카락의 길이는 거의 비슷했다.

"너희는 정말로 쏙 빼닮았어. 아리스, 사라."

"그, 그래?"

"그, 그런가?"

아리스와 사라는 싫지 않다는 듯이 웃어 보였다.

역시 두 사람은 감정을 공유하는 듀얼 트윈즈다.

아니, 그보다는 한날한시에 태어난 쌍둥이 자매라는 사실이 더 중요하겠지.

"후우…… 이제는 정말로 한계야, 난."

"사, 사라도……. 나카바 거, 너무 굉장해……."

두 사람은 침대 위에 털썩 쓰러져 버렸다.

이윽고 새근새근 숨소리가 들려오기 시작했다.

성격도, 머리색도, 몸매도 다르지만 그 외에는 다 똑같다고 말해도 좋을 정도였다.

"…………사이좋은 자매네."

무의식중에 한 행동인지는 모르겠지만, 잠에 빠진 아리스와 사라는 서로의 손을 맞잡고 있었다.

한동안 푹 자도록 놔두는 게 좋을 것 같다.

"응?"

문득 정신을 차리자, 방문 근처에 누군가가 있었다.

"유즈키……."

"마사키, 아리스뿐만 아니라 사라한테도 손을 댄 거야?"

"어, 어어. 사실 이 두 사람은 쌍둥이라서……."

"쌍둥이?"

유즈키는 방에 들어오더니 침대에 잠들어 있는 두 사람의 얼굴을 들여다보았다.

"정말이네. 전혀 눈치 못 챘어. 이렇게나 똑같이 생겼었구나."

"인상이 다르면 의외로 눈치를 채기 힘들더라. 나도 전혀……."

"마사키. 아리스와 하는 건 허락했어. 하지만……."

"응?"

불현듯 유즈키가 내 멱살을 붙잡았다.

유즈키의 손에는 놀랍도록 강한 힘이 실려있었다. 멱살을 잡힌 나는 목이 졸리는 느낌을 받았다.

"사라랑 야한 짓을 해도 된다고는 말한 적 없어."

에필로그

"사라랑 야한 짓을 해도 된다고는 말한 적 없어."

"뭐라고……?"

나는 자신의 귀를 의심했다.

"지금 들은 그대로야."

유즈키는 그렇게 말하고는 내 멱살을 놓았다.

당연하다면 당연한 말이었다.

왜냐하면 유즈키는 내 여자친구니까.

하지만 후우카가…….

"그렇게 말할 것 같았어요."

"…………!"

다시 방문 쪽을 쳐다보니 이번에는 후우카가 있었다.

후우카는 방으로 들어오지 않고 문밖에서 침대에 잠든 두 사람을 쳐다보았다.

그러고는 무언가를 이해했다는 듯이 고개를 끄덕여 보였다.

후우카도 아리스와 사라가 쌍둥이 자매라는 사실을 눈치채고 있었던 걸지도 몰랐다.

"아니, 잠깐. 후우카. 그렇게 말할 것 같았다니, 그게 무슨 뜻이야? 후우카는, 그…… 사라랑 하는 걸 허락한다고……."

"저는 그렇게 생각했어요. 하지만 유즈 언니의 얼굴을 보고 이해했어요. 언니는 그렇게 생각하지 않는 거죠?"

"맞아. 아리스는 괜찮아. 하지만 사라는 안 돼."

유즈키는 팔짱을 끼고 벽에 기대어 말했다.

"사라는 내 친구고, 정말 좋아하는 애지만, 그래도 '라이벌'이야. 모델로 복귀하기로 한 이상 더더욱 그렇지."

"그렇다는 건 후우카가……?"

유즈키가 허락했을 거라고 거짓말을 했다는 뜻인가?

아니, 잠깐. 여기서 거짓말을 한다는 게 가능한가?

만약 후우카가 나와 사라의 행위를 인정하지 않겠다고 말했다면 거짓말이 맞겠지만…….

"아뇨. 저는 마사키 씨가 사라 씨를 받아들여도 괜찮겠다고 생각했어요. 지금도 그렇게 생각하고 있고요. 행복하게 잠든 두 사람의 얼굴을 보고 틀림없다고 확신했어요."

후우카는 내 눈을 똑바로 쳐다보며 망설임 없는 말투로 말했다.

그랬다. 나도 여자친구를 의심할 생각은 눈꼽만큼도 없었다.

아무리 덤에서 졸업했다 한들, 승부에서 이기려 한들, 후우카가 나한테 거짓말을 할 거라고는 생각하지 않는다.

애초에 나와 사라의 관계는 후우카의 목표와 아무런 관계가 없었다.

거짓말을 해봤자 메리트가 없는 것이다.

"그러면 답은 하나네."

팔짱을 낀 유즈키가 그 풍만한 가슴을 살짝 들어 올리며 말했다.

"나와 후우카는 더 이상 듀얼 트윈즈가 아니게 된 걸지도 몰라."

"뭐라고……?!"

생각지도 못한 발언에 나는 귀를 의심했다.

방금 전부터 유즈키의 입에서는 내 상상을 뛰어넘는 말만 튀어나오고 있다.

“듀얼 트윈즈가 아니다……?”

나는 유즈키와 후우카의 얼굴을 번갈아 쳐다보았다.

두 사람 모두 당황하는 기색은 없었다. 하지만 분위기가 심상치 않았다.

또 한 쌍의 듀얼 트윈즈를 발견했다 싶더니 이제는 유즈키와 후우카가 듀얼 트윈즈가 아니게 되었다고?

“나는 후우카의 기분을 모르겠어.”

“저도 유즈 언니의 마음을 모르겠어요.”

“잠깐, 잠깐만. 듀얼 트윈즈가 아니게 된다니. 그게 가능한 거야……?”

내 질문에 유즈키와 후우카는 고개를 가로저었다.

두 사람도 무슨 일이 일어나고 있는지 모르는 눈치였다.

그렇다면…… 나는 더더욱 판단할 수가 없었다.

애초에 무엇을 판단해야 하는 건지도 헷갈리기 시작했다.

하지만 한 가지는 분명했다.

“유즈키.”

나는 유즈키 앞에 서서 등을 꼿꼿하게 펴고 머리를 숙였다.

“잘못했어, 유즈키. 설령 듀얼 트윈즈가 남아있었다 하더라도 유즈키한테 제대로 허락을 받았어야 했는데. 유즈키가 여태껏 관대하게 대해줘서 내가 본분을 잊고 함부로 행동했어. 정말로 미안해.”

“어? 자, 잠깐……. 화, 화나긴 했지만 무조건 안 된다는 건 아니고…… 아, 모르겠다! 알겠어! 일단 그건 허락해 줄게!”

유즈키가 허둥대며 대답했지만 나는 아직 고개를 들지 않았다.

너무 미안해서 머리가 올라가지 않았다.

“사라는 라이벌이지만 친구이기도 하니까……. 하긴, 사라도 그럴 만하니까 마사키한테 부탁한 거겠지. 그러니까 용서할게. 사라랑 야한 짓을 하는 것도 허락해 줄게!”

“……미안.”

나는 다시 한번 사과한 뒤 머리를 들었다.

“정말이지, 마사키도 참……. 이런 고지식한 점도 싫지는 않지만.”

“저도…… 좋아해요.”

싫지는 않다. 좋아한다. 단순한 표현의 차이일까, 아니면 이것도 유즈키와 후우카가 다른 존재가 되어가고 있다는 증거일까.

“하지만…… 그렇네. 결국 마사키를 좋아한다는 건 달라지지 않는구나.”

“유즈키?”

유즈키는 턱에 손가락을 얹고 잠시 생각에 빠졌다.

“있잖아, 마사키.”

“응?”

유즈키는 성큼성큼 걸어와 내 앞에 섰다.

그러고는…… 무슨 생각인지 미니스커트를 들추어 검은색 팬

티를 보여주었다.

"이제 그만 해버리자."

"뭐?!"

"내가 처음이라고 주장하진 않을게. 후우카가 먼저라도 상관없어. 가위바위보로 정해도 좋고. 누가 먼저 할지는 사실 큰 의미도 없다고 봐."

"가, 갑자기 그렇게 말해버리면……."

"그러니까 관계를 가지고, 둘이서 할 수 있는 것들을 전부 경험한 다음에…… 나와 후우카 중에서 어느 한쪽을 선택해 줘."

"그렇다면…… 저도 부탁드릴게요……."

"후, 후우카……."

후우카도 내 앞으로 다가와 검은색 치마를 들추어 하얀 팬티를 노출시켰다.

"저도 각오는 이미 되어있어요. 언제든…… 마사키 씨를 받아들일게요."

"후우카…… 유즈키…… 너희들……."

나는 눈을 한 번 질끈 감았다.

그대로 각오를 다진 뒤, 다시 눈을 떴다.

그리고 손을 뻗어…… 유즈키를 끌어안았다.

"처음은 유즈키야. 내가 고백한 건 유즈키니까."

"……마사키."

말해버리고 말았다.

보류도, 에둘러 표현하는 것도 없었다. 확실하게 단언해 버렸다.

차마 후우카를 쳐다볼 용기가 나지 않았지만, 말해버린 이상 물러날 수는 없었다.

"마사키 씨…… 결정하셨군요."

흘끔 쳐다본 후우카는 나를 향해 미소 짓고 있었다.

마치 처음부터 내가 이런 결단을 내릴 것을 알고 있었다는 얼굴이었다.

"저는 앞으로 나아가지 못하고 있었어요. 덤에서 졸업한다고 말해놓고 말이죠. 결국 저희들은 성격이 달랐고, 용기가 없었던 저는 유즈 언니를 앞서가지 못했어요."

후우카는 조금 쓸쓸한 목소리로 말했다.

"마사키 씨의 마음을 다시 한번 저한테 말해주세요. 분명하게."

"……후우카."

나는 잠시 망설인 뒤 입을 열었다.

"미안해, 후우카. 나는 유즈키를 안을 거야."

"알겠어, 마사키. 미안해, 후우카. 나의 모든 걸 마사키한테 줄게."

유즈키는 등에 팔을 두르며 나를 꼭 끌어안았다.

유즈키. 한때 짝사랑했고, 고백했고, 사귀기 시작했고, 매일같이 살을 맞댔던 여자.

그럼에도 불구하고 단 한 번도 안까지 닿지 못했던 여자가 내 품속에 있었다.

유즈키를 안겠어.

그래. 나는 유즈키의 모든 것을 원했다.

그 마음 하나만큼은 거짓이 없었다.

〈계속〉

좋아하는 아이에게 고백했더니 쌍둥이 여동생이 덤으로 딸려 왔다

SUKI NA KO NI KOKUTTARA
FUTAGO NO IMOUTO GA
OMAKE DE TSUITEKITA

후기

이번에는 별로 오랜만에 뵙는 게 아닌 듯한데……. 하지만 3권이 작년 7월에 발매되었으니 역시 오랜만이 맞군요. 항상 독자분들을 기다리게 만드는 카가미 유우입니다.

매 권마다 히로인이 두 명씩 늘어나고 있습니다만, 캇토 선생님의 새로운 일러스트도 매번 두 명씩 늘어나니 엄청난 이득이라고 생각합니다. 고생하시는 것 같아서 죄송하긴 하지만요…….

네, 방금 언급했다시피 이번 권에서도 새로운 히로인이 두 명 늘어났습니다.

잠깐 스포일러를 할 예정입니다만…… 괜찮겠죠? 알겠습니다.

이번에는 쌍둥이가 아니라 한 명씩 두 명의 히로인! 하지만 그렇게 생각하기도 잠시, 역시나 쌍둥이였습니다~.

사실 누구나 예상했을 만한 결과죠. 히로인이 한 명이라고? 이 작품에서는 말이 안 되죠.

히로인을 쌍둥이로만 설정한다는 무모한 도전을 시작한 이상, 다양한 방식으로 쌍둥이를 보여드리고 싶습니다. 이번 권에서는 아리스와 사라의 이야기를 재밌게 읽어주셨길 바랍니다.

참, 에로신에 대해서도 언급하고 넘어가려 합니다. 이전 권의 후기에서 '한계를 넘어버려도 될까요?'라고 의미심장하게 말해놓고 아직 제자리에 머물러 있는 상태입니다. 마사키는 얼핏 욕망에 따라 행동하는 것처럼 보이지만, 사실은 강철의 인내심을 가진 사내일지도 모릅니다. 보통 사람이라면 일찌감치 이성이 날아가 버렸을 테니까요.

뭐, 어떻게든 선을 지키려 애쓰는 에로신은 이제 충분히 즐기셨을 거라고 생각합니다.

마사키, 이제는 정말로 각오를 다져야 할 때다!

그리고 오랫동안 기다리셨을 만화화에 관해서입니다만, 슬슬 새로운 정보가 나올지도 모르겠습니다. 어쩌면 4권이 발매될 즈음에는 구체적인 이야기가 나올지도 모르고, 나오지 않을지도 모르겠습니다. 애매하게 말씀드려서 죄송합니다만, 기대해 주세요!

캇토 선생님, 이번에도 일러스트를 그려주셔서 감사합니다! 특히 표지는 '동복을 입은 후우카'를 막연하게 요청했을 뿐인데 생각보다 훨씬 파괴력 강한 일러스트가 나와서 놀랐습니다. 최고입니다!

담당자님, 이 책을 제작하고 판매하는 데 도움을 주신 모든 분들, 그리고 무엇보다 독자분들께 감사의 말씀을 드립니다!

다음 권도 나왔으면 좋겠군요……. 응원 부탁드립니다!

2025년 봄

카가미 유우

좋아하는 아이에게 고백했더니
쌍둥이 여동생이 덤으로 딸려 왔다 4

2026년 1월 22일 1판 1쇄 발행

저　　자 카가미 유
일러스트 캇토
옮 긴 이 마일도
발 행 인 유재옥
담당편집 정영길

이　　사 조병권
편 집 팀 정영길 조찬희 박치우 이소의 정지원 최유정 김혜주
디자인랩팀 김보라 전세연
디지털사업팀 김지연 윤희진 장혜원
라이츠사업팀 김정미 유아현
영업마케팅팀 김민
물 류 팀 백철기
경영지원팀 최정연
인쇄제작처 ㈜코리아피엔피
발 행 처 ㈜소미미디어
등　　록 제2015-000008호
주　　소 서울시 마포구 토정로222, 502호 (신수동, 한국출판콘텐츠센터)
판매 및 마케팅 (070) 8822-2301

ISBN 979-11-384-4275-6 04830
ISBN 979-11-384-3477-5 (세트)